玄関の間で

門口より走り庭を見る

茶室、夏の書斎

うるし板を張った板の間、冬の書斎

発光する床の間、壁は柿渋塗りの和紙、床板は乳白硝子（右下）
玄関の間、正面の下地円窓（左下）

走り庭全景、ミシン下にブリキの冷蔵庫

走り庭より火袋（吹き抜け）を見上げる

階段は踏み面十五センチ×
蹴上げ二十二センチ、斜度
六十度近い（左頁右上)、
座敷庭全景（左上)、次の
間より二階座敷を見る（下)

七十年を経た
ジントギの流し

門口より座敷方向を見る

文春文庫

京都で町家に出会った。

古民家ひっこし顚末記

麻生圭子

文藝春秋

京都で町家に出会った。＊もくじ

撮影　白澤　正

京都で町家に出会った。

古民家ひっこし顛末記

1　祇園祭で知った、京町家の奥座敷

「町家《まちや》、それ何です？」

「え、その、こちらがあの空家の大家さんだと伺ったものですから……」

「わしが大家かどうか、そんなんはどうでもええ。町家て何かて訊いてんのや」

「は？　その、ああいう町にある、むかしながらの京格子があるような民家の……」

「民家？　民家か町家か知らんけど、あんたみたいなよそからきた人間がやな、勝手に、そんないい方してるだけや。我々、京都の人間はね、そんなことば、使いませんな」

中京《なかぎょう》で、自分たちが住む、町家を探していたときのことです。

大家さんを探し出して交渉に行き、一応、丁重に、

「あの町家を貸していただけないでしょうか」

と、お願いしたつもりだったのですが、出端からくじかれた。その大家さん、町家ということばがお嫌いだったようで、いきなり喧嘩、売られてしまいました。

よそ者に、京都のことを教えられると、カチンとくるのが京都人。

まあ、京都でも、町家、京町家ということばが日常的に使われるようになったのは、ここ十数年くらいのこと。行政が町家の保存に取り組み出してからのようです。余談ですけど、おばんざいということばも、京都人はあまり使いません。

「そんなん大村しげさんがいい出さはって、有名になったことばで、私ら子どもの頃は、そんなことば、使《つこ》てへんかったし、いまでも自分では使《つか》わへん」

それと同じでしょうか、町家、町家といわれると、臍を曲げる御仁もいる。

しかし、いきなり喧嘩腰にならんでもええと思うのですけど……。

腹立ちまぎれに、こんなこといわれた、と近所の京都人にこぼしたら、

「それ、その人がおかしいわ。ここんとこ、町家がどうたらこうたらてみんないうたはるやろ、新聞にもよう出てるし。ことばぐらい京都の人間なら誰でも知ったはる。せや

けど、町家が保存せんならんほどの特別なもんや、いいはじめたんは最近のことやねえ。私らが子どもの頃はみんなあんな家やったさかい。そやし、東京の人が町家、町家、いわはると、ああ、そうなんか、とは思うなあ……」

と、友人。「……」のところは、「ちょっと、違和感を感じる」ということでしょうか。

このところ、アジアや和の雑貨、布、骨董に人気が集まっていることもあって、町家もあちこちの雑誌で取り上げられています。読者に人気があるんだそうです。けど、京都です、表層的なことで取り上げられたり、人気が上がることを、たとえば商売なんかでも、よしとしない土地柄です。そういう注目のされ方が一過性のものであることを、千年の都、京都の人たちは端から知っているのでしょう。

表屋造《おもてやづく》りといわれる町家のなかでも、奥行きが六十メートルもあるような旧家に、取材に伺ったとき、奥さんがこぼしておられました。

「東京から取材に来やはると、すぐに坪庭、どこですか？　ていわはるんですけど、私とこは店の間を貸すときに、坪庭、つぶしてしまいましたので、ないんですよ。そうお伝えすると、え、ないんですか？　て困らはるんです。庭の特集やったらわかりますけど、町家の特集で、なんでそこまで坪庭にこだわらはるんか……」

「……」のところには、「もう少し、町家というものを勉強してから取材なさったらどないです？　そんな上っ面ばっかり取り上げてもねえ。町家の保存のためになるかどうか、疑わしいです。東京の人は飽きたらそれでお終いやけど、私らはずっとここで生活していかんならんのやしぃ……」

そんなところでしょうか。京都の人は語尾、曖昧ですからね、尻上がりに「……やしぃ」ときたら、そのあとは、あんたさん、察しなはれ、いうことです。

なので、そのときは、お、きたな、暗に私のこともいってるんだな、と察したのでありましたが、茶化すわけではなく、ごもっともだと思います。市の文化財に指定されているような町家は、年に何回か、特別一般公開をしたりするんですが、ここ二、三年、入場者はうなぎ登りで増えているときききました。京都外からの関心が集まってるんですね。しかしそれとともに、見学者の質は下がってきている、マナーが悪くなっているようなんです。

結界として、竹を置いていても、それを越えて入ってくる。

無粋ではあるけれどしかたないと、「ここからはご遠慮ください」という紙を貼る。けれど、それでもプライヴェートな住居空間に入ってくる人はいるんだそうです。

心がないんですね。壁を荷物や洋服でこすりながら歩いても気づかない。肩から下げたカメラを床の間の框《かまち》にぶつける。壁や框がどれだけ値打ちがあるものか、わかってないんです。漆《うるし》塗りの框はふだんは木のカバーをかけてあるのです。一般公開の日だから、お披露目してるのに、床の間の上の掛け軸を見ることに一所懸命になって、カメラをゴンとぶつける。百三十年間、無傷できた框が、一瞬にしてキズものです。

そういう話をきくと、ただ胸が痛むだけではなく、むかしの自分もそんなことしていたのではないかと、心がざわざわしてきます。

私が町家に興味を持つきっかけとなったのは、祇園祭です。京都に来てすぐのことでした。染色家の知人が、吉田家という表屋造りの町家の「屏風祭」へ連れて行ってくれたのです。旧家では客人を招いて、一献《いっこん》をさしあげる習わしがあるんですね。

何の予備知識もありませんでしたから、その驚きは一入《ひとしお》でした。

玄関庭《げんかんにわ》（通《とお》り庭《にわ》の一部）に置かれた、大きな沓《くつ》脱ぎ石。その向こうには坪庭が。おそるおそる、前かがみになりながら左に折れ、中《なか》の間に入っていくと——。

いまどきこんな優雅な暮らしをしてる人が京都にはいるんだ、見開いた目が、時空を超えていくような錯覚を覚えました。

陰影というものは、こういうことをいうのか、とはじめて見知った思いでした。

天井から下げられた灯りは、仄《ほの》かな白熱灯です。それがやわらかな灯りの糸になって、御簾《みす》や簾戸《すど》をすり抜けていきます。夏座敷というのは仕切りが曖昧です。襖や障子は姿を消し、簾戸や御簾が入ります。紗がかかったような、粒子が粗い世界に、お香が鼻腔をくすぐり、耳の奥では棕櫚竹《しゅろちく》の葉のさわさわと揺れる音がする——。家具らしい家具は何ひとつ置かれてありません。床の間にはきっと立派なお軸がかけられていたのでしょうが、それをしかと見るのも忘れるほど、五感は奮い立っておりました。

そこからの帰路、私はあまり覚えていないのですが、同行した夫に、いいね、よかったねとしつこいくらい繰り返したらしいんです。

「いいよね、なんか、日本じゃないみたいだった」

こいつ、何、いうてんねん（ごもっともです）。

僕は行ったことがないから、わかりません（そうですか）。

「何かバリ島の陰影に似てたような気がする」

うちの夫は大学から京都の人なのですが、それでも私より八年ほど京都歴は長い。いまでこそ逆転しておりますが（?）、その頃は夫が私の京都水先案内人でございました。

「あれ、京都の家じゃ、あたりまえなの？」

「うーん、どうやろ。鉾町《ほこまち》ではあたりまえなんと違うかなあ。あそこまで洗練されてるかどうかは知らんけど、町家の造りとしては、典型的な表屋造りやろう。ただ二階が高かったから、年代的には大正になってからのものかもしれんな。明治のもんやと、厨子《ずし》二階いうて、二階が低いし、格子も土格子になってる、虫籠窓《むしこまど》いうんやけどな」

「マチヤ、オモテヤヅクリ、ズシニカイ、ムシコマド……」

京都に来てから、はじめて町家ということばを意識してきいた瞬間でした。

「いいよねえ、家のなかに、あんな小さな庭が設《しつら》えてあって」

「坪庭か？　あれ、何であるか知ってるか？　光や風を取り入れるためやねん」

「意味があるの」

「何か感動したみたいやな。Cさんとこ連れていったときは、淡々としてたのに」

「西陣のCさんとこ？」

「あそこも築百年は経ってたはずだよ。織屋建《おりやだち》の町家やから、奥に広い土間があったやろ。Cさんとこはカーペット敷いて、居間として使ってるけど、もともとはあそこは機《はた》織《お》りをする作業場としてできてて……」

「ふーん」

「何や、気がない返事やなあ。土間が広い家というのは、楽しいと思わへんか?」

「うーん……」

「あかんか。そしたら、Sさんたちが京都に来たとき、訪ねていった祇園のOというお茶屋があったやろ。ああいうのは? 格子が出格子になってたやろ」

「そうだったっけ……。覚えてない」

「とにかく表屋造りなんやな。わかった、今度、杉本家、行けるように頼んでみるわ」

「杉本家?」

「京町家といえば杉本家というくらいの町家や」

このときはまだ知る由もなかったわけですが、夫はこの頃から、町家に住めたらいいなと考えていたようなんです。ずっとマンション暮らしの私ではありましたが、和骨董や、古民芸といわれるものが好きなのは、夫も知っておりました。そういうことでいうなら、町家は大きな古民芸です。嫌いなはずはない、と夫は踏んでいたようなんですね。

とはいえ、そこで生活するとなるとまた違ってきます。

そこでそうやって少しずつ私に探りを入れていたらしいんです。

その頃のことを振り返るとき、夫は必ずこういいます。

「あなたは、最初の頃は、まるっきり女性誌のグラビア状態やった」

インテリアとして、ファッションとしての町家に傾倒していただけだったのですね。

でも、ここから〝東京育ちの京町家暮らし〟ははじまったのです。

2 町家のよさは表からは見えない

京都の人、それも表屋造りの町家に住んでいるような人でも、

「京都の町並みを守るために、表は格子戸のある、むかしながらの町家であっても、奥はいまの生活に合わせて変えていく必要があると思います」

という発言をします。

「下駄に履き替えるような台所は、もう時代遅れやと思うんです」

はあ……、そうですか、通り庭をつぶすんですか。

高齢になって、とか、やむをえずという事情なら、わかるんです。

でも、時代遅れとなると――、ついおことばですが、と口をはさみたくなってしまう。

町家ってどういう家のことをいうんですか？

東京の知人たちから、よく訊かれます。

そもそも町家というのは、町にある町人の民家という意味ですから、全国に存在します。京都に限ったことではありません。金沢なんかも有名ですよね。

どの地方でも、町家は通りに面しており（門がない）、格子でおおわれ、間口は狭く、奥が深いというような特徴があります。けれど細かい造りになると、その地方、地方で違ってきます。その地方の文化や風土に合わせて、成熟していったんでしょうね。

京の町家も、京の文化、風土をまるでミニチュアにしたような造りになっています。京都の人は驚かないんですが、京の町家は家のなかに「通り」があるんです。驚きでしょう？　町家だけでなく、庶民の家である民家は農家なども含めて、土間があるのが特徴ですが、京都のそれは四角い「面」ではなく、「通り」なのです。

京のまちが、面（地区）ではなく、通りによって成り立っているのはご承知の通りです。東京なら、南青山、へーえ、日本橋、ほーお、ということになるところが、京都の場合は、室町通《むろまち》、へーえ、新門前通《しんもんぜん》、はあ、ということになります。

もちろん京都の洛中《らくちゅう》にも町名はついていますが、それを使う人はほとんどいません。お店の場所を訊いたとしても、「寺町通《てらまち》二条上ル《にじょうあが》です」で終わり。これ、信じがたい話なんですが、使わないだけでなく、なかには自宅のある町名を知らない人もいます。

「住民票とかには書いてあるでしょ」

「そんなんちゃんと見てへん」

「免許証は？」

「持ってへん」

実話です。

まあ、これは特異な例ではありましょうが、かように京都の人の生活というのは、「通り」生活者なんです。それだけではもの足らず（！）、さらにその通りから、何と自分の家（敷地ということではなく、建物です）にまで、通りを引き込んで、生活している。冗談だと思います？　その名も「通り庭」というのですが、本当です。

家の「門口《かどぐち》（門《かど》というのは通りのこと。通りに面した出入口のことです）」から、裏庭まで、棟の下を一本の道（土間）が通っているんです。

この「通り」を見たときには、その斬新さに驚きました。ちょうど夏でしたので、門口も開かれており、暖簾《のれん》のすきまから、十数メートル奥の、裏庭の日差しが、トンネルの出口のように見てとれました。ほーお、カッコいい。最近、住宅雑誌では「土間のある家」などというタイトルを見かけますが、京の町家の場合は、「通りのある家」でしょうか。

しつこいですが、カッコいいと思いませんか？

つづいて間取りですが、部屋はその「通り」に沿って一列に並びます。お家のなかに入っても、「面」ではなく「通り」生活なんです。

表から順に「店の間」「ダイドコ（居間）」「奥（奥の間、奥座敷）」と続くのが、一般的な町家の間取りですが、「奥（座敷）」を除けば、みなそれぞれに「通り庭」から、アクセスできます。表屋造りになると、「玄関の間」というのが、「店の間」と「ダイドコ」のあいだに入る。要領を得ない東京人は、どこで靴を脱げばいいのかわからずに、ずんずん奥まで侵入していき、家人に「あ、ここは……」と、やんわり（ときにはぴしゃりと）断られ、「ひえー、京都の人はむずかしいよなあ」と、あとで陰口を叩く。

しかし、玄関の間から向こうは、プライヴェート・ゾーン。たとえ中戸がなくとも、道、(通り庭)が続いていようとも、そこで踏みとどまるのが京のお約束。

げに文化、慣習の違いとはむずかしきものなりでございます。

なかには中京の「小島家」のように、玄関の間が二つもある家(店のお客さんと、家のお客さん用だそうです)もありますから、よそ者にとっては、京の町家の「通り庭」は、外国みたいなものでしょうか。どこで靴、脱ぐの? と迷うわけですから。

勝手口というのは存在しません。ダイドコからお家へアクセスするのが、ケのお客さん、身内ということになります。

それはともかく、通りというのは「人」だけではなく、「自然」も往来するところです。通り庭は「日差し」や「風」の通り道でもあるのです。というのも町家というのは、左右には窓がとれません。となりとくっついてますからね。この通り庭から、採光や換気を得る仕組みになっているのです。そのために通り庭には煙出しとよばれる窓や、天窓(明治中期以降のものだと、これがついているものが多いです)がついています。

そして大黒柱より奥の通り庭は、お家へのアクセス・ゾーンから、厨房ゾーンに変わります。京都では「流し」のことを「走り」というので、ここの部分のことは特に「走《はし》り庭《にわ》」という呼び方をします。「流し」だけでなく、「お竈《くど》さん」と呼ばれる竈《かまど》や、井戸、作り付けの収納棚（庭戸棚などと呼ばれるようです）が並ぶ、おまけに上部は吹き抜けで、屋根裏の構造（梁《はり》とか柱など）が剝きだしになっていますから、カッコいいんです。煙出しの窓は、紐で開閉させる。走り庭は水平方向には「通り」になり、上下には「煙突」（火袋《ひぶくろ》と呼ばれます）になるんですね。ドイツ製のシステムキッチンが何だ、というくらい、機能面においても優れていると、私は思っているのですが、これは極めて少数の意見のようです。

この通り庭、どんな間口が小さい町家であっても存在します。

逆にいうと、これがないと京の町家ではない、といっても過言ではない。

「せやけど、いまはお竈さんも使いませんし、もう吹き抜けである必要はないと思うんです。床にしても同じです。トイレの汲み取りもなくなったわけですから」

というわけで、むかしながらの通り庭が残っている家は少なくなっています……。

もう一つ、私が面白いな、いいなと思うのは町家の高さです。

「この家、二階もあるんですか？」

ときどきそんなことを訊かれる方がいます。

農家のように土地が余っているようなところに建てるのなら平家でもいいでしょうが、

町家はそういうわけにはまいりません。当然、二階建てとなります。ところが二階といっても、高さは一階の半分くらいしかない。厨子二階というのですが、いわゆる屋根裏部屋のような形になっています。おまけに一階は木の格子戸で覆われていますが、二階は土格子、虫籠窓です。当然日当たりも悪い。

「ご覧の通り、人が住めるような部屋じゃありません。家のもんが二階からお客さんを見下ろすようなことはしません。ということを示すために、通りに面した二階は低くしたんやと、父が生きてるときにきいたような気がします」

旧家のお嬢さんが話してくれました。面白い解釈だと思います。

ちなみに実際は丁稚《でっち》さんなんかの部屋にあてがわれていたらしい。

京都らしいでしょう。建前と本音といいましょうか。

それと、二階が低いのは、表向きは質素に見せたいという、京都人の美意識もあるような気がします。茶の湯のわびさびの、影響でしょうか。

小さな町家（一列三室）に対して、表屋造りは表（店）と奥（住まい）が別棟になっているのですが、表は厨子二階でも、奥は必ず本二階なんです。しかし表の通りからは、それを窺い知ることはできません。質素で簡素なファサードです。

「うちとこは大店《おおだな》なんかと違います」

と、謙遜することが、京都人の見栄なんだと、このところの私は思うに至りました。もちろん意志的にではなく、潜在意識のなかの、都人《みやこびと》としての矜持《きょうじ》がそれをさせるんだと思います。代々続いているような老舗《しにせ》だからこそ、謙遜できる。やはり明治になってから財をなしたようなお家とは違う、そんな気がするのです、家の建て方を見ていてもね。

最近、「京町家」として雑誌のグラビアを飾っているのは、この表屋造りの町家がほとんどだと思います。昔の大店です。ですから町人とはいえ、一般の町人とは違う、町人貴族とでもいいましょうか。お茶室が設けられたり、奥座敷の床の間も書院造りや数《す》寄屋《きや》造りなど、凝った造りが見られます。もちろんお蔵もある。杉本家など、大蔵、中蔵、隅蔵、それに米蔵まで入れると、四つですよ、お蔵が。表こそ門も構えず、質素な風情をしていますけどね。

奥座敷から眺める庭（前栽《せんざい》）も同じです。派手さはありませんが、品があるのですね。山里の、もしかすると隠れ家に来ているのではなかったか、と疑いたくなるような静寂につつまれています。東京人が高いお金を払って、老舗旅館や料亭で眺めるような庭が、あの町家の奥には隠されているんですよ。なかなか想像しにくいですけどね。京の町家というのは、格子戸の奥のずーっと奥、バックヤードの部分に、本音の上での「表」ができているように思います。もちろん小さな町家でも同じです。

「本来、座敷と庭はセットになってるもんです。座敷があるところには、庭がある、小さかろうが、何だろうが、関係ありません」

お茶室や町家に詳しい、大学の先生からききました。

3　知人の町家探しに奔走す

町家探しがはじまったのは、ひょんなことからでした。住んでもいいなあ、住んでみたいなあ、という気持ちは、だいぶ前から芽生えておりました。けれど、町家探しをはじめるほどのものには達していなかったんですね。

ところが、二年前の夏のことです、大阪でしたが、

「麻生さん、京都に住んでらっしゃるんですよね。いいですね。私も京都が好きで、七月からずっと京都にいるんです」

そんな話に、ある文化人の方となったんです。

「では、今日も、東京ではなく京都から？」

「ええ。ホテル住まいなんですけどね」

「まあ、せっかくの京都なのに、ホテルじゃ、味気ないですね」

「そうなんですけど、旅館だと、気疲れするでしょう」

「二、三日ならいいけど、長いと、それはありますよね。でも、そんなにしょっちゅう、いらしてるなら、いっそのこと、京都に、適当な町家でも借りたらいかがですか？　京都を題材に書かれるなら、よけいです。うん、そのほうが絶対にいいと思う」

気づいたときには、そう勧めていたのでした。自分の願望を人さまで叶えようとしていたのか、はたまた、京都にいる東京人の先輩として、通ぶりたかったのか。

「ごめんなさい、町家って何ですか？」

あらま、有無をいわさぬ勢いで、勧めていたのでしょうか。失礼いたしました。

さほど日をあけずして、説明することができました。ちょうどいい頃合いに、杉本家、秦家、吉田家、野口家、長江家の五住宅の、特別公開が催されたからです。

なりゆきは、いわずもがな、京都好きの女性で、町家を嫌いな人はまずいません。Mさん、熱心にメモをとって、最後には主催者に手を挙げて質問なさるほどの傾倒ぶり。

「こんなところで京暮らしができたらいいですね。見つかるでしょうか」

「ええ。もちろん乗りかかった舟ですから、町家探し、お手伝いさせていただきます。とりあえず、うちの夫が心当たりがあるといっておりますし」

「よろしくお願いします」

日傘をさしながら、町家の家並みを振り返るMさんを見やりながら、うんうん、これはいいことをした、Mさんなら町家暮らしがぴったりだ、と満足する私だったのです。


夫は西陣のほうで、何人かの人たちの町家探しを手伝っておりました。

ちなみに西陣という地名は、かの応仁の乱のとき、山名宗全《やまなそうぜん》が率いた西軍の本陣があったことに由来します。といっても正式な地名ではなく、西陣織りに携わる、織屋さんや織元さんたちが集中している一帯をさす曖昧な通称です。しかしその西陣にかつての華やかさはありません。品格は保ってはいるものの、もはや瀕死の白鳥。もともと西陣は「三代続くのはむずかしい」といわれるほど、競争が激しい世界です、織元、織屋さんたちが鎬《しのぎ》を削ることで、その高品質を保ってきたんですね。しかし、その高品質も、需要があってこそですからね。

西陣でふらりと入ったお酢屋さんが、

「むかしは私んとこのクルマなんか、ここに停められへんほど、トラックが往来してたもんですわ。そこの家なんか、縦糸を張るだけの仕事をしたはった。みんな分業やったんですよ、せやけど、それで飯が食えてたんやね。いまはもうあきまへんわ。一軒、二軒と織屋がつぶれる、織手さんが廃業する……。ここもね、おばあさんが一人で機織りながら、病院、入らはるまで、住んだはったんですけどなあ」

ただの客である私に一所懸命、話そうとなさるのが印象的でした。

話がそれましたが、そういう状態ですからね、小さな織屋建の町家とか、路地《ろうじ》の奥に並んでるような長屋建の町家には、住む人を失くしてしまっているものが、ひっそりと佇んでいるのです。中京あたりなら、つぶして、駐車場に、ビルにと、よからぬ動きが起こるわけですが、西陣は繁華街からは外れてますから、その動きも鈍いんでしょう。

空家というのは、その家の老化を進めてしまうだけでなく、町をも老化させてしまいます。

「これではあかん、廃屋寸前になっているような町家を、何とか再利用できひんもんか」

織屋建の町家というのは、作業場としての部屋（土間）が、奥についていますから、アーティストのアトリエ兼住居にはぴったりです。それにアーティストなら、もともとものづくりにかかわっていますから、廃屋寸前のボロ家でも、そこそこのＤＩＹ（日曜大工）はこなせますし、ボロ家の観念が、一般人とは異なる。こういうほうがカッコよかったりする。ひと頃のニューヨークのソーホーなんかと同じですね。

一方、京都は美大が多いせいでしょうか、ものづくりにかかわっている若者が多いんです。

「よっしゃ、そういうアーティストたちに、空家を占拠してもらおう」

とはいえ、それぞれに所有者はいるわけですから、不法占拠するわけにはいきません。所有者（大家さん）を探して、説得するところからはじめなければならない。

「しゃーない、その仲立ちしてあげよ、手伝《てつど》うてあげよ」

と、有志たちが「お仲人」ボランティアをはじめた。これが、現在、活躍する「町家倶楽部」（わかりやすくいうと、大家さんと借り主のお見合い・コンピュータ登録クラブ）のはじまりです。つい最近、きいた話では、うちの夫も創立当時からのメンバーなんだとか。合点がいくことしきりでした。数年前から昨年まで、夫は西陣の元機織り工場（小学校の体育館ほどもある大きさです、ただし幽霊が出そうな雰囲気）を丸ごと借りて、仲間たちと建築設計事務所を構えていました（現在はそれぞれに独立）。西陣、よそ者アーティストの草分け（？）、とでもいいましょうか。そんなご縁もあり、「町家倶楽部」のお手伝いをはじめたようです。

それはいいとして、

「でも、西陣には、手頃な不動産屋はいないんですか？」

「町家は、不動産屋では探せないんですか？」

東京から来る人から、よくそういう質問をうけます。

探せないとはいいませんが、まあ、むずかしいんじゃないかと思います。

不動産屋さんが入っている物件というのは、どんな古いものであっても、最低限、人が住めるような状態にまでは直してあります。

「それが悪いんですか？」

はい、悪いんです。確かに、不動産屋に上がってきている物件に、雨漏りする、土壁ぼろぼろ、戸が開かない、などというのはありません。ただ問題はここからです。はっきりいって京都の大家さんたちの、家に対する美意識は、高度経済成長時代で止まっています。合板、ラワン材、ステンレス、蛍光灯、ビニタイル……いわゆる便利な新建材がお好きなのです。ボロ家だから、無駄なお金をかけたくないというのもあるでしょうが、土壁が朽ちたら、外壁はトタン板、内壁は木目がプリントされているような合板を張りつける。建具は安価なアルミサッシ、通り庭はつぶして床を上げ、キッチンメーカーの安価（しつこいですが）な流しをつける。そのほうが借家としての価値が上がる、と思っておられるようなのです。しかしこうなると私が思う町家ではありません。元町家の、中途半端なリフォーム住宅です。

住みたいですか？　風情を感じますか？

もちろん壁は剝がせば、傷んでいても、土壁が出てきます。合板の天井も剝がせば、古民芸のような天井裏が出てきます。

しかしながら、

「壁に張ってあるトタンとか、木目調の合板、全部、取っ払って、左官屋さんに土壁、塗ってもらってもいいですか？　費用はこちらで持ちますから」

こんなことをいって、「はい、いいです」という不動産屋さん、大家さんがいるでしょうか。いません。大家さんは「きれいに」直したと思ってるんですから。

でも、思いますよね。

「費用がこちら持ちなら、説得すれば何とかなるんじゃないですか?」

ところがそういうことを借り主にさせると、貸し主は不利になるんだそうです。

「そちらさんがそうだというわけではありませんのですけどね、世の中、いろんな人がいはりますからね。なかにはね、これだけ自分とこで直したんやから住む権利がある、出ていかん、いわはる人とか、出ていくんやったら、こんなこんなかかったいうて、法外なもん、請求する人もいてるんです。裁判しても、大家は勝てません」

不動産屋さんから、そういわれたことがあります。


いよいよ、Mさんの町家探しがはじまりました。

彼女の出した条件は、家賃は十万円くらいまで、坪庭があるような雰囲気があれば、お風呂はなくてもいいし、台所もお湯さえ沸かせればいいです、という極端なものでした。

便利より、文化ですね。

「でも、Mさんはあなたよりもっと、東京人だよね。たとえばさ、屋根が落ちてるような状態の空家に連れて行ったら、引くやろ。暮らしに不便はあってもええけど、そういう町家を手に入れるまでの過程は、すこぶる便利やないとあかんやろ。まさか自分で直したりせえへんな」

「うん、もちろん。だってそんな時間ないと思うよ。それに町家という建物そのものに興味があるんじゃなくて室礼《しつらい》とか、暮らしぶりとか、そこに流れる風情に魅かれてるんだろうし」

「だよな。わかった」

「そのかわり、家賃は別に、少々、高くなってもいいと思うよ」

何軒か、私も夫について下見をしてまわりました。

そうしてMさんをお連れしたのは、一つは中京、錦小路《にしきこうじ》のそば。大家さんは知人の知人。相続したばかりとか。場所的には、東京でいうなら日本橋の髙島屋から、徒歩三分といったところでしょうか。ファサードも格子がきれいです。となりは町家を再利用したおばんざいやさん。奥座敷も庭もしっぽり、という風情です。しかし残念ながら、他の部屋は、どこもかしこも大幅に洋風に改装されてしまっておりました。

「これ、元に改修するの、お金かかるよねえ」

夫を見、Mさんを見、それから大きく頷き、小さな声で、

「ダメ、だよね」

一同、頷く。即決で、お断りしてしまった、無礼な私たちでございました。

もう一つの物件は、夫が得意とするところの、西陣でした。

「わあ、立派」「いいよねえ」と、思わず声が洩れた物件です。中京の町家より、もう少し骨太、がっしりとしたファサード。年代は大正時代でしょうか、本二階。門口も格子戸ではなく、骨太の木枠の硝子戸。すり硝子で屋号が透明に抜かれています。入っていくと、織屋建ではなく、表屋造りのようです。店の間があり、玄関の間があり——。その玄関庭には棕櫚竹が植えられています。中戸までの通り庭の土間の部分は、三和土《たたき》ではなく、石が敷いてある。沓脱ぎの石もまた立派です。

「いいよね、ここに衝立《ついたて》なんか置いちゃって、ね」

煽る私、頷くMさん。沓脱ぎ石に靴をきちんと並べて、いざ奥へ。間取りは、一階は店の間、玄関の間、中の間、奥座敷に、ダイドコだったように思います。

「奥にはお蔵もあるみたい」

「あ、蔵は大家さんが使てはるんで、貸せないということなんですよ」

夏だというのに、背広姿で案内してくれていたのは、夫でも、町家倶楽部のメンバーでもなく、不動産屋さん。この物件は大家さんの希望で、すでに不動産屋さんが入っていました。大家さんが、貸すことに慣れていたんですね。いい意味でも悪い意味でも……。空家になってまだ何日も経っていない物件です（夫の知人が住んでいたのです）。錦小路の物件と違って、風情が感じられるのは、そのせいなのでしょう。前の人がいい暮らし方をなさっていたようです。前の人の残り香ならぬ、残り風情が漂っている。

しかし残念ながら、この家も、中戸より奥の通り庭は、「東京炊事」「関東ダイドコ」と呼ばれるものに、改装されておりました。吹き抜けの部分の火袋（走り庭の上部）も、二階が設けられていました。昭和四十年代のキッチンです。作り付けの棚もついているのですが、きっと「明るい」「清潔」が改装のテーマだったんでしょうね。色は焦げ茶ならぬ、黄土色、たぶんラワン材か何かでしょう、表面のところどころが剝げかかっています。

「あのう、これ、外せるんでしょうか」

「この棚ですか？　作り付けになってますからねえ。いや、でも大家さん、今回は、多少、手を入れるつもりのようですから、いってみましょう」

「どうせなら、元の通り庭に戻してくれたらいいのにね」

「この床、落としたら、あそこみたいな石の土間が出てくるんちゃうかなあ」

この過激な意見は私たち……。

「そのへんのところも、いってみましょう」

話がわかる不動産屋さんでした。

しかし、家賃は予算の倍です、保証金も百五十万円だという。

「でも、ここだったら、かまいません」

「西陣ですから、京都駅からは遠いですよ」と、夫がいうも、

「でも、京都駅からタクシーで三千円はいかないでしょう？」

御意。東京人の感覚からいけば、これは近いうちに入ります。

「下町ですけど、いいんでしょうか？」

「中京と西陣の差がよくわからないんですよ。東京の山の手と、浅草なら、わかるんですが」、早い話、Mさんにはどちらも下町に見えるご様子で、

「さっき浄福寺通《じょうふくじ》というんですか、あそこを通ってたら、機織りの音が聴こえたでしょ。あれが気に入ったんです、いい響きですよね、一定のリズムがあって」

ここまで気に入っていただけているなら、決定でしょう。台所の作り付けの棚の件だけでなく、ここの壁は塗り替えなくてもいい、ここは襖、張り替えてほしい、というような細やかなMさんからの要望も、不動産屋さんを通じて、大家さんに伝わりました。大家さんはMさんが何者であるか、知っていた由。さらにこの大家さんは、この町家の価値を認識しておられました。通り庭に戻すことも了承です。

話はとんとん拍子に進んでいくかのごとく、見えたのですが。

一週間ほど経った頃だったでしょうか。

「業者を呼んで、見積もりを出させたら、大家さんが思てはった金額を、はるかに凌いでたらしいんですよ。で、保証金として、その半分を持ってほしい、といわはってるんです。二百万円です、それと、家賃のほうもあと、五万ほど上げたいと……」

そんな大家さんの意向が、不動産屋さんを通じて入ってきたのです。

話が違う、違いすぎる。保証金が二百万円で、家賃が二十五万円……。住宅の場合、京都では、保証金の半分は礼金、残り半分が敷金、というあつかいになるんですが、敷金からリフォーム代を引かれ、全額、返ってこないというケースも多いんですね。

「大家さん、Mさんが借りてくれるいうことで気合が入ってしまったらしい」

「でも、その結果が保証金と家賃に跳ね返ってきてもねえ。保証金が家賃の八カ月分というのは、いくらなんでも高すぎる。東京だって、バブル後は敷二礼二というのが相場だよ。家賃二十五万円なら、敷礼で百万円というのが、ふつうです」

僕に怒ってもなあ、とぼやく夫。そうなんですけどね。

「Mさん、それでも借りるかなあ」

「うん、やめといたほうがいいんじゃないかなあ」

Mさん、しばらく悩んでおられたようですが、結局「やはりその条件では……」という結論に達したのでした。やはり不動産屋さんが入るような物件は、大家さんが本気（お金儲けに本気という意味です）ですから、こういうことが起こってくるのですね。

とはいえ、町家探しははじまったばかり。ところが、Mさん、今回のことで、出端どころか、発端の勢いも削がれてしまったようなのでした。

「冷静になって考えてみたら、ホテルでもいいかなあと、という気がしてきちゃったんです。町家暮らしには、もちろんいまでも未練はあるんですけど、私がいないときは、管理というか、お掃除をしてくれる人もいるでしょう。いろんなことを考えると……。せっかくお世話してくださったのに、すみません」

ところが私のほうは、勢いが削がれるどころか、勢い余ってしまったのですね。

「私、町家に住むことにした。今度は自分が住む町家、探す」

4　京都空町家マップができそうだ

楽しい、楽しい町家探しのはじまりです。

何を好き好んでそこまで、ですか。そうですね、「趣味だと思ってください」

「どこが？」

町家を見るの、楽しいんですよ。ゴルフ好きの人はプロのプレーを見るのが楽しいでしょう。料理好きな人は、外国の料理本、眺めるだけでも、楽しい。それと同じです。ましてや、町家探しの場合は、もしかするとそこが自分の家になるかもしれないわけですよ。ここに住んだら、あそこが近い、たとえば夷川《えびすがわ》通の町家なら、ああ、寺町通の骨董屋さんが近い、毎日、見にいける、とかね、つい考えてしまうんです。

「ここに暖簾かけて、ここには花、生けて」

「麻生さん、あんたなあ、そんなん、借りてから考えよし」

「うん。わかってるんだけどね」

「せっかちやなあ」

友人もあきれる始末です。でも、そんなもんですよねえ。

一見、同じように見える町家でもね、みんなそれぞれに個性があるんです。町家というのは連続して、ひとつの町並みを形成していますから、一戸だけ、奇抜な造りにはできません。むしろむかしの人たちは、それを守ることが、田舎者ではない証左、都人であることの矜持だったんじゃないかと思います。いまのように、コンクリート打ちっぱなし、レンガタイル張りの洋館ふう、木造の二世帯住宅、というような選択肢はありませんから、いきおい施主は、細かなところに凝るようになります。たとえば京格子と一口にいいますが、これがよく見ると、格子の細さとか、高さとか、少しずつ意匠が違うんです。名前だけでもいっぱいあるんですよ。思いつくところだけでも、出《で》格子《ごうし》、平格子《ひらごうし》、親子格子、細目格子《ささめごうし》……。商売によっても格子は変わってきますし。中京あたりだと、糸ヘン関係のお店が多いですから、糸屋格子が多いんですが、ほかにはお商売をしていない仕舞屋格子《しもたやごうし》とか、麩屋《ふや》格子、米屋格子、いろいろあります。はじめの頃は、みんな同じように見えてたものですが、しだいにわかるようになってきた。どんな「趣味」でも同じでしょうね。

「お、ここ、むかしは米屋とか、酒屋とか、そんなんやったんと違うやろか」

「なんで、わかるの？」

「見てみ。格子の太さがとなりなんかとは全然、違うやろ」

「あれ、本当だ。男性っぽいね。米俵、当てても壊れないためかな」

「お、ええとこついてるかもしれんなあ」

「いまは仕舞屋ふうだよね。息子さんが継いでくれなかったのかな。お米もコンビニで買える時代だもんね。私さ、前に結婚してたとき（二十年くらい前です）、お米屋さんにお米、買いに行ってたような気がする。通帳みたいなのがあって」

「あんた、いくつやねん」

「あれ、記憶、書き換えてしまってるかなあ」

「おー、見てみ。これな、蛍壁いうねん」

「どれ？　ああ、いいねえ。風情があって。文様なの？」

「だんだん年数が経つうちに、土に混ぜた鉄粉の錆が表面に出てきて、ええ文様になんねん」

「いいね。高い？　そうか。でもモルタルの吹きつけとか、コンクリートって、人工的だから、できたときがいちばんきれいで、あとは汚れていくだけやけど、こういうむかしの家って、使い込んでいくうちに、だんだん味になっていくやろ。そこがいいよね」

昼といわず夜といわず、電気メーターをチェックしながら、エセ京都弁で、ああだ、こうだと喋っている二人組。よく考えるとヘンですよね。でも、職務質問にあうことはなかったですし、となり近所の人たちからも、声をかけられることはありませんでした。

さすが激減したといってもまだ年に四千万人（のべ）も観光客が訪れるまち、不審なよそ者に慣れている——、ということでしょうか。いや、それだけでもないんですね。京都の人はよほどのことがないかぎり、声をかけないです。目も合わせませんね。

そうそう、なんで京格子の目が、ほかの地方のものより、細かいかご存じですか。いい職人がいたから？　ちゃうちゃう。あれはね、内側から覗いてるのが、表から見えにくくするためだ、という説がありましてね。本当ですよ。細目格子なんか、格子の縦のほう、輪切りにしたら台形になってる。内側の角が、大きく面取りされてるんです。つまり内側からはよーく見えるようになってるんです。

ある町家で見た、覗き格子（私の造語ですが）。出格子の側面、ここの内側の障子紙が五センチ角ほど切り取られて、覗けるようになってるんです。そこのお家は、その部屋がおばあちゃんの隠居部屋になってたんですね。で、おばあちゃん、座布団にちょこんと座って、日がな、通りを眺めてる。

「あそこの下の娘は、しょっちゅう、男の人に送られて帰ってくる」

もちろん、露骨にいいふらしたりはしません。といって胸のうちに仕舞っておくわけでもなく、きくところによると、婉曲にね、ご町内に情報を提供なさるそうです。

ですから私たちの姿、そういうご隠居さんの目には留まってたと思うんですけどね。

むしろ私たちといえばですね、となり近所の人たちから、声をかけてほしかったんです。そしたら「いや、実はこうこうで……」と、話せるでしょ。空家かどうか、あるいは大家さんのことも訊ねることができます。なのにね、目も合わない。すーっと目だけを避けるようにして、歩いて行かはりますからね、器用ですよ。しょうがなしに、夫とジャンケンです。インターフォンのない町家に声をかけるのは、結構、勇気がいる。できれば双方とも相手に押しつけたい。けど、わたくしたち、夫婦平等ですから。しかたなくジャンケンに負けたほうが、その役目を仰せつかるわけです。おとなりさんの門口を、顔の幅ほどそろりと開けて、「ごめんください」と、声を張り上げる。緊張します。

夫なんか、なんでそこまで丁寧語？　というような日本語になりますからね。

「あの、わたくしたち、町家に住みたいと思っておりまして、貸してくださる町家を探しておるのですが、おとなりは空家なのでしょうか」

しかし、その丁寧さが効いてか、みなさん、意外となめらかに教えてくださる。

「ああ、おとなりですか？　空家やのうて、倉庫代わりに使てはるようですよ」

雨露を凌げればいいというような程度の倉庫ですね。これだとメーターも動きません。

私たちが空家とふんだ町家の、三軒に二軒はこういう使われ方をしていました。

「おとなりさん、売らはって、いまは××不動産の持ちもんてききましたけど」

四条通のス○ト○不動産屋まで出向きましたが、売却物件とのことで、そこを何とか、と一応、いってみましたが、これはにべもなかった。大手は融通がきかん。確か六、七十坪ほどで、中京、八千万円。しかし何カ月後かに、六千八百万円で売ったらしい、という噂が流れておりました。そして、売却物件のお決まりコース。ある日、重機がやってきて「こぼち」(解体)されてしまいました。消されてしまったわけです。小さな賃貸マンション(アパート)が建つという噂が、その後、二方向から流れてきました。

近くに住む人たちも、内心はこれではあかんと、思っているのでしょうね。

「今日、××通〇〇の町家が壊されるところに、たまたま通りかかってしまいました。あそこ、表からはわからへんかったけど、奥には離れもあってんなあ。重機で、殴られて、かくんと折れるように柱が倒れていくさまには、悲しいというより、私は怒りを覚えました。みんなほんま、根性ないわ。愛情もない。相続税とか、いろいろあんねやろけど、とにかく根性がなさすぎ。京都のもんとして恥ずかしいかぎりです」

仲のいい友人からのFAXでした。

中京は商業地域ですからね、買ったら、壊して、ビル建てる、儲ける。これが資本主義社会というものなのでしょうか。重機で殴っていくさまは、野蛮です。百年近くもそこに存在してきた建物ですからね、ひとかけらでもいい、敬意を払ってほしいと思います。なのにね、売却された場合は、持ち主が立ち会うこともありません。建てるときは、地鎮祭といって、神主さんがお祓いをしますよね。日本人というのは、むかしから家屋より土地の民族なんでしょうか。私はかなりの無神論者だと思いますが、解体作業（こぼち）に遭遇すると、いつも手を合わせてしまいます。重機に殴られると、土壁はそのショックで膨らみ、やがて力尽きたといったさまで、どさっという鈍い音を立てて、倒れていきます。凄まじい土埃に、通りまでが靄《もや》がかかってしまいます。ホースで水を撒いたりはしていますが、そんなものおっつかない。じいっと見ていると咳き込んでしまうほどです。

神戸の震災を思い出して、いやだという人もいますね。

町家壊しというより、町家殺しだ、という人もいます。

寿命があるものは、すべて生き物でしょう？

むかしの木の建物というのは、生けこぼち、ができるんですよね。重機を使わず、人力で、柱や梁を一本ずつ、解体していく。移築などの場合は、この方法がとられます。けど、そうです、費用がかかるんです（こぼちはおよそ坪三万、「生けこぼち」は解体に要する時間×のべ人数。一例ですが、知人の場合はおよそ坪十万円かかりました）。これでは、よほどの木でないと、古材バンクに売っても、採算はとれないでしょうね。建て替えも古材より新しい材料のほうがコストは自在になる。

はーっ。生けこぼちの費用は市が半分持つとかね、そんなふうにでもならないと、もうどうにもならないでしょうね。古材を使って家を建てたいという人たちは、増えているのにね、もったいないことです。重機で殺された「廃材」は、トラックで運ばれて、白川の上流のほうに捨てられているともききました。町家の死体置き場……。

これが一枚、めくったときの京都の、素顔でもあります。

大家さん探しの話にまた戻ります。

「何や、娘さんのとこへ引っ越さはったみたいですけど、連絡先ですか？　うちとこはあんまりおつきあいがなかったんで、わからしませんのですけど、東どなりのお家、あそこやったら、知ったはるんやないかなあ。いっしょに行ってあげましょか」

おお、運が向いてきたか……。いやいや、ここからが正念場なのでした。大家さんまで辿りついても、迂遠も迂遠。Ｌｏｎｇ ＆ Ｗｉｎｄｉｎｇ ｒｏａｄ。京都人は、はっきりものをいいませんから、「いやー、貸せないわけではないんですけど……」と、くるんですね。当然、こちらは「……」の部分に、一縷の望みを託します。東京人は京都人の機微がわからへんといわれても、そこを突っ込んでいくのが、東京人の根性というものでしょう。菓子折りを持ってご挨拶に伺ったり、自分の著書を持って伺ったり、筆で手紙を書き送ったり、やれることはなんでもしました。

お返事はくるんです。町家のことには一筆もふれず、

「うれしい贈り物をありがとうございました。またいろいろお話、きかせてくださいね」

とか何とか。しかし貸してはくださらない。なんで、なんで、ですか。

ケースバイケースでした。

①相続はしたが、いずれ売却（いずれ賃貸マンションに）しようと思っているから、貸してしまうと、出ていってくれなかったりするし、面倒である。

②自分だけではなくきょうだい全員で相続したので、貸したくても貸せない。

③倉庫、納戸代わりにして使っているから、それを片づけるのが面倒である。

④貸したい気はあるが、それをすると、あそこもお金に困ってはんのやろか、と邪推されるおそれがある。こんなとき（不況）なので、店の信用にかかわる。

⑤空家になって久しいから、手を入れないと貸せないであろう。それをするのは面倒である。お金がかかることはしたくない。といって賃借人にそれをさせてしまうと、ど

んな改修をされるかわからない。不安である。

⑥いまはむかしと違って、賃借人が強い権利を持ってるし、貸すときはあげるつもりで貸さないといけない。息子の代になったら、この家や、借家、空家は売るなり、手を入れるなり、好きなようにするだろうし、自分たちはこのまま余生を静かにおくりたい。玉砕。ラインマーカーで印を入れた地図に、次々と入っていく×マーク。

「あそこ、どやった？」

などと、友人たちも心配してくれる。京都人もここまで空家を借りるのがむずかしいとは思っていなかった様子。見かねて、

「××通○○の大家さんは、うちの夫の知り合いなので、ちょっと状況をきいておきます」

「実家の母が、××さんとこは、何軒か借家を持ってはるし、きいといてみよ、というてます」

と、助けてくれるようになりました。

しかし、めげます、妥協もしたくなります。そうです、Mさんのときに見た、あの西陣の町家——、忘れていませんよ。×マークが入るたびに、思い出す。まるでむかしの

恋人です。もちろん、何度かこっそり会いに行きました。工事中のときは鍵がかかってませんでしたから、格子から覗くだけではなく、奥にも再会をしました。家宅侵入？　いえ、一応、左官屋さんや大工さんに「見せてもらっていいですか？」、声はかけました。

昭和四十年代のキッチンは撤去され、通り庭が復活していました。おまけに井戸まで復活していました。もちろん涸れてはいるでしょうが、やはり通り庭といえば、眺めとしては、井戸に釣瓶《つるべ》です。吹き抜けは残念ながら修復されていませんでしたが。いい朽ち加減だった（Mさんもそのままでいいといっていた）店庭、玄関庭の壁は、もったいなくも、左官屋さんが入って、聚楽土《じゅらくど》で塗り直していました。きれいに直すことを優先しているのですね。私たちだったら、こういうお金のかけ方はしないのになあ、とは思いました。思いましたけど、それでも風情はある物件です。

ある日、私は、夫におそるおそる提案してみました。しかし夫の反応は、予想していた以上に、冷やかなものでした。

「どうせ、あなたが借りるわけだから、あなたがどうしてもそうしたいというなら、そうすればいいじゃないですか。ただ、僕はあそこには住みたいとは思わへん。愛情のかけようがない。あそこは大家さんがいっさい賃借人はなぶる（さわる）な、といってるわけやし。そんなお仕着せの町家に住んでも、面白ない。あのとなりに厨子二階の織屋建の町家があるやろ。あそこやったらまだ食指は動くけどな」

「だったらあそこでもいい」

「とにかく西陣はあかん。違う、違う。僕はそんな町家の種類だけで反対してるわけじゃない。あなたのことを考えていってるんですよ。あなたは西陣では生活でけへん。何でて、人づきあいが上手か？　井戸端会議に加われるか？　こんなんいうたら、西陣の人に怒られるかもしれんけどな、中京はやっぱり都会やねん。見て見んふりいうかな、軒がくっついてても、そこそこ距離おいて、生活でけんねん。西陣は職人さんのまちやからな、いいたいこともぽんぽんいうし、いい意味でも悪い意味でも、本音のまちや。いきなり、奥さーんいうて入ってこられて、ま、お茶でもどうぞて、つきあえるか？」

「家で仕事してること、最初からいうてたら遠慮してくれるよ。それに鍵かかるんやから、うざったいなあ、というときは、居留守、使たらええだけのことやろ」

「そしたら、そうしたらいいじゃないですか。せやけど、そんな勝手なことしながら、地蔵盆のときは誘ってくださいね、いうのはムシがよすぎるやろ。回覧板もまわってきーへんやろしな。そりゃそうやろ、それが近所づきあいいうもんやろ」

「……」

「どうしても西陣のあそこがええというんやったら、借りたらええ。だけど僕はいっさい協力しませんから」

おお、そこまでいうか。

「わかった」

いい返したい、山ほどのことばを解体して、そう告げる私なのでありました。

5 町家、貸してもらえる⁉

「ああ、麻生さん、いま、実家の母親から電話があってな、町家、貸してもええいう人がいんねんて。××通の○○さん。知ったはるか。あこで母親の親戚筋のコが働いてんにゃけど、○○さんの持ちもんで空家になってんのが、××通籔屋町にあんねんて。そや、中京も中京、ど真んなかや、で、そのコが訊ねてくれたら、○○さん、貸してもええて、いわはってんて。ふん、わかった。ほな地図、FAXで送るわ」

友人からの電話に、思わずガッツポーズの私でございました。おっつけ送られてきた友人からのFAX。籔屋町通とくれば、東京人におなじみの俵屋《たわらや》さん、柊家《ひいらぎや》さんがあるとこです。東京でいったら神楽坂とか新橋とか、そんな感じでしょうか。

FAXには家賃も書かれてありました。

三万円? 十三万円の間違いか?

「あ、Aさん? うん、FAX、届いた。で、いま、見てるとこなんやけど、あの家賃、三万て書いてあるけど、これ、十三万円の間違いだよね」

「いやー、私も、そう思て確認したんやけど、ただの三万やて。せやけど、京都にはそんな値段で借りたはる人、けっこういる。××さんとこなんか、二万円で貸してはる。中京や。むかしからの店子《たなこ》さんやと契約書もないし、家賃上げようにも……」

「へーえ。東京じゃ考えられない。ま、とりあえず見に行ってくる。うん」

夫のケイタイに「至急、来られたし」のメッセージを入れ、その十分後には現地に立っておりました。当時のマンションから数百メートルというご近所。中京は狭いのです。

「もしもし、私、まだ? うん、もう現場。早く、早く」

待つこと十数分、夫はクルマから降りるなり、

「おおー、ええなあ」

「そう? 私としてはちょっとボロいような気がするんだけど」

「わかってないなあ。これがええ感じになんねん」

「うん。でも狭い気がする」

「ま、とりあえず大家さんにいうて、なか見せてもらおうな」

帰りに友人んちへ立ち寄り、さっそくその段取りをしてもらいました。

こうなると気が焦る。どんなかなあ。通り庭、そのまんまになってたらええなあ。お竃さん（江戸じゃあ、へっつい、といったんですね）、あるかなあ。ねえ。

「そんな焦らんと。今度の日曜日まで待ったりーな」

さて日曜日、夫はいつもより見栄えのする服を着用、私は自分が何者であるかを示す、雑誌のインタヴュー記事などを鞄に忍ばせ（こういうとき、自由業というのはツラいものです）、途中、松屋常磐《まつやときわ》でお菓子も買って、大家さんのお店に、いざ出陣です。もちろんAさんも同行してくれました。

大家さんは煙草を燻《くゆ》らせながら、休みなので明かりを落とした店で、べつだん構えることなく待っていてくれました。まずはAさんが菓子折りなどを差し出し、如才なく挨拶をはじめます。

「××がいっつもえらいお世話になってまして。これ、実家の母親からなんですけど」

「あ、すんませんなあ。ほんで、Aさん、××さんとことはご兄弟でっしゃろ」

「はい。うちの主人の父親と、××さんが兄弟で」

「そしたら、あれでっしゃろ、××さんとこの（中略）がおまっしゃろ」

あれまあ、大家さん、べたべたの京ことばで、私や夫には理解できないきわめてローカルな話を、Aさんとしはじめました。私たちはぼーっと立ったままです。

「あの、○○さん、この人らが、いうてました、借りたいいうてる人なんですけど、麻生さんは、エッセイストいうて……」

Aさんが紹介をはじめましたが、大家さんはきいているのかいないのか、といった面持ちで、煙草をそれは美味しそうに喫《の》まれています。

「ご主人は京大、出はって、建築の設計事務所をやったはるんです」

「××さんとこの紹介やし、もうそれでかましまへん」

「はあ……」

あとからきいたんですが、××さんというお家は、このあたりでは有名な旧家なんだそうです。明治以前はどこかの藩のご家老だったんだそうな。とはいえ、私たちは××

さんとは面識はありません。私たちはあくまで、××さんの甥の奥さん（Aさん）の紹介です。もっというなら、Aさんの実家のお母さんの、親戚筋の人の紹介、とこうなります。

「そんなん、同じようなもんですがな」

来てすぐ、マンションを借りたときなんか、顔写真に納税証明書まで要求されたのに。はあ、そうなんか、これが京都というもんなんやなあ、とひとりごちるのでした。ま、もっとも家賃三万円じゃ、払えない人はまずいませんけどね。

「ほな、行きまひょか。なかなか暖こうなりまへんなあ」

煙草をぎゅっと消すと、大家さんは鍵を手に、ハイカラなマフラーを巻きながら、立ち上がりました。むかしの人にしては背が高い、そんなことを思う私なのでございました。

「あこの家ですけどな、姉が死んでから、そのまんまでっさかい、姉のもんが、いっさいがっさい置いてありますのや」

歩きながら、やっと大家さん、家のことを話しはじめました。

「ああ、いえ、そういうの、片づけるのは、僕らでやらせてもらいます」

「すんませんなあ。ずっと気になってはいますにゃけど、店がありまっしゃろ。時間がおへんのや。私らも歳やさかい、休みの日は、しんどうてでけしませんわ」

「亡くなったからいうてすぐに片してしまうのもね、何や……」

「そうですねえ。お子さんはいらっしゃらなかったんですか」

「おりませんでしたんや。戦前にね、東京に嫁いでしもたんやけど、大空襲で焼けてしもて、未亡人になって、戻ってきましたんや……。歳でっか？　わしと十なんぼも、離れてたよってに、生きてたらなんぼやろなあ。明治××年生まれですわ」

町家、門口はアルミサッシのドアになってますが、それを開けると、もう一つ、厚みが数センチはあるようなむかしながらの木戸が現れました。二重ドアになってるんですね。

「おお、猿戸や、猿戸がついてる」と、夫。

大戸のなかに、猿が通れるくらいのくぐり口がついている。

「こんなん、ほかしてもろてもかましません」

「いや、とんでもない。僕たち、こういうのにあこがれてるんですよ」

猿戸のために屈めたからだをぐいと起こすと、吹き抜けの天井裏がまず目に入りました。通り庭がある。靄がかかっているように見えます。急に暗いところに入ったせいでしょうか。それだけではないような気もします。天窓がついている。

「門口なあ、狭いでっしゃろ。クモ膜下で姉が倒れたときは、あんた、担架が通らへんいうて、戸ごと外しましたんや」

　そんなことを大家さんがいったようにきこえました。

　井戸だ、井戸がついてる。あ、痛っ。向こう脛をぶつけた。

「気ぃ、つけとくれやっしゃ、いま電気、つけまっさかい」

　足元には、週刊誌や本を束ねたものが、ごろごろと置かれています。

「むかしの家はねえ、昼でも暗おすさかいになあ」

　それにしても、また荷物の多いこと、ベビーカー、三輪車……？

「すんませんなあ。うっとこの娘が倉庫代わりに使てますんで」

　大家さんの奥さんの声がどこからかきこえてきます。

　いつのまにか夫の姿は見えなくなっていました。私や友だちは遠慮がちに（大家さんの手前、少しだけよそゆきを着ていたので、大胆に進めない）、奥へと進んでいきます。

「井戸がある」

木の蓋をずらすと、その衝撃で、木片が吸い込まれるように落ちていきました。腐りかかってるんですね。ということは、湿気があるんでしょうか。もしかして少しは水がある？　底を覗きこんでみました。天窓からの光が、井戸の底まで伸びていきます。セメントで固めてあるのかと思いきや、石が積み上げられているんですね。

「井戸は、もう出えしません」

どこからかまた大家さんの声がしました。私はといえば、井戸に顔、突っ込んで、ヤッホー、ハローオー、と発声練習（？）——。

「うわー、よう響く。あ、底が見える。うん、水はないなあ。涸れてる」

「ひゃー、この人、怖いわ」友人、私の背中を引っ張りながら「麻生さん、やめーな」。

「なんで、きれいだよ。ほらほら、見て」

「見ーひん。いやや。何が出てくるかわからへん」

「そんな深いもんじゃないよ。四メートルか、そのくらいの感じ」

でも、庭にある井戸なら、まだわかりますが、家のなかの井戸です、

「家のなかに地下に通じる穴がある——、ちょっと面白いと思わへん？」

「この人、村上春樹の小説みたいなことというて」

友人は奥へと進んでいきます。

「麻生さん、お竈さんがあるえ」

どこどこ、と井戸のなかから頭を出して、今度はお竈さんへ向かう私。ここに薪をくべてたんやなあ。

「これでご飯、炊いたら、すごいよね」

「ここの人、お竈さんだけはこだわったはったんかなあ」

「あ、それねえ、ほかしてもろてかましまへん。あこの店、建て替えるとき、ここでいっとき、商売してましたんや。そのときに作りなおしたもんやさかい、大きおっしゃろ」

大家さんの声がうしろからします。走りもとの板戸があき、庭のほうから夫がまわってきました。頭といい、背中といい、枯れ枝や蜘蛛の巣がまとわりついている。

「庭、すごいことになってるわ」

「すんませんなあ」と大家さん。

「あ、いや。椿がすごいですね。藪椿ですか」

空家はたぶん明治末期に建てられたものでしょう。厨子二階の一列三室式の町家で、三軒棟割り長屋の真んなかに位置していました。ま、京都の町家の原形です。借家普請ですから、質素なつくりです。表屋造りなんかと違って、町家のなかでも一ランク下の住宅としてとらえられているものです。間取りは一階が通り庭と、店の間（四畳半）、ダイドコ（二畳）、座敷（六畳）。庭の部分に、トイレと物置。風呂なし。二階は四畳半、二畳（板間）、六畳といった塩梅《あんばい》でした。といっても二階は不要になった家具類が所狭しと積まれており、その場では何畳であるかわからなかったのですが――。

「どうする？　狭いよねえ」

私はやはり迷っているところがありました。

「僕の荷物は事務所に全部、持っていくし、何とかなるんちゃう？　風呂はつくったる。庭のな、トイレの奥に、お風呂をつくって、いうて訴えてるとこがあってん。あそこに檜《ひのき》の樽風呂を置いて、半露天。硝子張りにして、庭が見えるようにする」

「うん、うん」

急に乗り気になってきた私。

「そしたらさ、二階はどうなる？　表の四畳半、ベニアで天井が張ってあったでしょ。

梁がはみ出してたけど」

「よう、見てるなあ」

「うん、そういうところはね。あれ、剝がしてもだいじょうぶだよね。剝がしたら、いわゆる屋根裏がそのまま見えるんだよね。天井なくても雨漏りとかしないよね。埃？埃は掃除すればいいだけだもん。なんかさ、納戸の扉も、天井も梁も薄緑色のペンキ、塗ってたでしょ。それも素人塗り。めちゃくちゃ雑な塗り方やった。剝がせる？」

「どやろなあ。ペンキの種類にもよるやろけど……」

「あかんかったら、上からベンガラ、塗ったらええかなあ」

「ペンキの上にはベンガラはつかへん」

「ええ？　じゃあ、あのまんま？」

「だいじょうぶやて。僕を誰やと思てんねん」

「誰だっけ？」

二階は四畳半も六畳間も、階段のところも、壁には木目のプリント合板が張りつけられていましたが、全部剝がして、左官屋さんに入ってもらうと夫。だんだん、狭さは倉庫を別に借りるなりすればいいと思えるようになってきました。

「私の仕事場、どこにしよう。二階の屋根裏部屋かなあ」

「納戸がええんちゃう?」

二階の四畳半の横、店庭の上にあたる部分、ここが納戸になっているのです。この納戸は壁といい、野天井といい、古民家、といった趣が残っていて、唯一(通り庭を除いて)、私がそそられる部分ではありました。おまけにこの納戸、一階の通り庭に向かって、扉がついているんです。もちろんそこから足を踏み出したら、落下するしかない。出入口としてはまことに不的確、意味がないようにも思えるわけですが。

さて、ここで問題です。この扉は何のために設えられているのでしょう。

これがですね、大きな荷物の出入口なんです。二階の窓は本来、虫籠窓になってますから、風と光、あとはネズミ、虫以外は、通り抜けられません。階段も大きなものは通りません。上下二段になるような、むかしのサイズの箪笥が限界でしょう。

というのも、町家の階段というのは、開放されてません。板戸で仕切られていて、階段の下は箪笥や、物入れになるのですが、この階段の一段目と最上段は、壁に面している。ふつうの階段というのは、直進しながら上がっていきますよね、けど、この町家階段(便宜上、こうしておきましょう)は、昇るときは、まわれ右(左)ッ。昇ったあとも、まわれ右（左）ッして、部屋に入る。この角をまわれないものは運べないわけです。

で、どうする、この納戸の扉から搬入する。扉はぱっくり開きますから、ここに脚立のような階段を立てかけでもして、持ち上げたんでしょうね。

「戸、外して、ま、落ちん程度に下のほうだけ壁でもつくったら、ロフトみたいな仕事部屋になる、どない？　通り庭を見下ろしながら、ええんちゃう？」

「うんうん、それいいね。でさあ、屋根裏の四畳半は私の部屋。六畳はあなたにあげよう。店の間はどうする？」

「床、落として、土間にしよう思てんねん」

「土間の応接室だね。打ち合わせとか、取材とか、ここで受ける」

「でな、走りと奥のあいだの壁、柱は残すけど、壁はぶち抜いて、カウンター式の居間にしようかと思てんねん」

「えー、壁、抜いてしまうの？　もったいない」

「いや、ここは絶対に抜かなあかん」

「じゃ、台所は？　あのさ、井戸の内側、積んである石がきれいなのね。だから、なかに照明つけて、小さな梯子段で、降りられるようにしたいんだけど」

「なんで？」

「なんでも。家のなかに、地下に通じる穴があるんだもん。これをインテリアとして生かさない手はないと思うんだよね。地下からぼーっと光が洩れる。でさ、天窓からは月明かり。これだよ、これ。絶対。ね。それに、地下だから夏は涼しいと思うんだ。だから、ワインセラーにするとかさあ」

「はあ？　ワイン、嫌いなんと違う？」

「嫌い。でもいいの」

「あと、流しやなあ。石の研ぎ出し（ジントギ）の流し、つくれる職人さん、いいへんかなあ。ま、これはゆっくり考えるわ。で、床はな、檜の床材に漆を塗ろうと思てんねん」

「畳、上げてしまうの？」

「農家のいろり端のような板の間にしたいねん。円座を置いて。居間は家具はいっさい置かへん。テレビは押し入れに収納してしまう。見るときだけ、開けたらええやろ」

「うん、うん」

夫婦の語らいがこんなに楽しかったことはなかったような気がします。

もちろん、その週のうちに、印鑑証明を添えて、契約をすませました。で、家賃はまとめて太っ腹、一年分、納めました。それでも三十六万円也。

6　春の彼岸、故人の荷物を

いよいよ空家の荷物の片づけがはじまりました。大家さんが、必要なものだけ持っていかれた由。

「あとはほかすなり、何なり、おうちが好きなようにしとおくれやす」

その日、朝のうちから、私だけで空家に向かいました。

夫や友人たちも手伝ってくれることになっていましたが、サトさん（仮名）の身のまわりのものだけは、先に片づけておきたいと思っていたのです。サトさんというのは、大家さんの亡くなったお姉さんの名前です。大家さんからきいたわけではありません。

けど、鍵をもらってからは、何度も空家に出かけていますからね、自然とわかります。

柱や、縁の下の状態、合板の下の壁の状態など、荷物があっても調べられるところから、夫はチェックに入っておりました。私もついていくのですが、

「腐ってんなあ。全部、やり直さんとあかんかなあ？」

と、訊かれても、私は素人ですから、わかりません。はっきりいって手持ち無沙汰。私の視線は、自ずと、町家という建物そのものではなく、そこに住んでいた人の気配のほうに注がれることになります。そんなこんなで、いま、思いますと、何度か通ううちに、私の空家への意識は、夫のような「築百年の町家」ではなく、「あるご老人が亡くなるまで住んでいた家」に変わっていったように思います。感情が入り込んでいったんですね。

ゴミだらけになって縁の下から出てきた夫に向かい、

「サトさんね、××××さんのファンだったみたいだよ」

「何の話してるの？　サトさんて誰？」

「昨日、いったでしょ。この家に住んでた大家さんのお姉さん」

「しかしなんで、そんなことがわかんの？　二階にスクラップブックがあった？　よう

見てるなあ。せやけど、それはサトさんとかいう人に、ちょっと失礼なんちゃうか？プライヴァシィの侵害やろう」

と、夫には叱られましたが、確かにそう思うのですが（さすがに手紙やノートの類を読むことはしませんでしたが）、どうしても目がそっちのほうにいってしまうのです。

ダイドコの柱には状差しがかけられ、そこには何通もの手紙が差されてありました。小引き出しの上の籠には、年賀状、書き損じの封筒、出さないままのハガキなどが、そのまま置かれてありました。カレンダーは一九九×年の一月のままです。いくつかの数字には赤いサインペンで○が入っています。ちゃぶ台の上には医院からもらったクスリ袋。中身も入ったままでした。おおよその病名も察しがつきました。七十歳を過ぎれば、誰でもどこかは悪いところが出てくるものです。いえ、それはクモ膜下と直接、結びつくようなものではありませんでした。突然だったのでしょうね。

座敷や二階の六畳の壁には、何枚もの子どもの絵が貼られていました。幼稚園から小学校一年くらいの子が描いたものです。たぶん大家さんの娘さんのお子さんが描いたものなのでしょう。子どもがないサトさんにとっては、きっと孫のような存在だったに違いありません。クレヨンで大きく「サトの顔」と書かれた絵もありました。どれも宝物だったんですね。だって、それらは剝きだしで貼られているのではなく、一枚、一枚、サランラップでくるんだものを、画鋲で留めてあるのです。

もちろんその子の写真もいっぱい飾られていました。赤ちゃんの頃から、ちょっとおしゃまなお嬢ちゃんになるまで……。サトさんは毎日、この子の顔を眺め、和んでいたのでしょうね。これらの写真や絵はどうすればいいのだろうと危惧していたのでしたが、その朝、行くと、きれいに剝がされていて、ほっとしたのを覚えています。

二階の六畳の衣桁《いこう》には、その何日か前に着たものなのでしょうか、何枚かの洋服が掛けられていました。一枚はよそゆきでした。その下には、洗濯したて（だったのでしょう）の、きれいに畳まれた冬ものの肌着が数枚。二階は倉庫代わりには使われていませんでしたから、時間が荒らされていません。埃もそれほどたまっていませんでした。

とても十年近い歳月が経っているとは思われませんでした。さわれば、サトさんのぬくもりが感じられそうな表情をしているのです。もしかすると匂いも残っているのかもしれない。洋服からは、サトさんがどのくらいの身丈で、身幅であったかも、おおよその見当がつきました。

あれこれ覗き見していた私ですが、その日まで簞笥のなかを覗くことは慎んでいました。だって泥棒みたいでしょう、抵抗もあったんですね。しかし荷物を整理するとなれば、そうもいっておられません。みんなが手伝ってくれるまでに、古道具屋さんに売れそうなもの、友人がもらってくれそうなもの、引きつづきこの家で使いたいものなどを、おおかた、選《よ》っておく必要もありました。でないと、いきなり手伝いに来てもらっても、どこから手をつけていいか、途方に暮れるようなありさまでしたからね。

まずは土間である走り庭の棚から手をつけていったのですが、それはいろんなものが入ってましたよ。クッキーなんかが入ってる空き缶が目立つんです。まさか、中身は入っていないでしょう。そう思って持ち上げたのですが、これがどれもカサカサと音がするんです。もちろん開けてみましたよ。納得しました。吝嗇家《りんしょくか》で名を馳せる京女が、東京で大空襲を経験し、苦労をすれば、こうなりますよ。きっと、捨てては新しいものに買い換える、という戦後の消費文化には眉根をひそめていたに違いありません。

空き缶のなかには、たとえばプラスティックの醬油入れがごまんと入っていました。塵も積もれば山となるとはよくいいますが、絵になるような眺めでしたよ。別の缶にはプラスティックの葉蘭《ばらん》が、別の缶には輪ゴムが、ブルーシートが——。

きちんと仕分けをして、集めてありました。サトさん、几帳面な人だったんですね。

発泡スチロールのトレイもきれいに洗って、何十枚と積まれてありましたからね。紐にいたっては、すぐ使えるようにという配慮でしょうか、ガス管に、一本ずつまるでおみくじの如し、といった塩梅で結び付けられておりました。

生ものにかぎっては、たぶん直後に大家さんが片づけたのでしょうが、棚の奥に、ひとつだけ、自家製の梅酒の瓶が残っていました。漬け込んだ月日が記された紙片が貼られていました。飲み頃になるまえに、お亡くなりになったんですね。

「まだ飲めるのかなあ」

梅酒の瓶を手にしたとき、すーっと光が通り抜けました。

見上げると、五十センチ四方くらいの天窓がさんざめいています。朝、家を出るときは、いまにも降りそうといった気配でしたのに、よかった、晴れたんですね。しばらく火袋を眺めていました。天窓から差し込んでくる光が何かに似ていると思ったら、映画の試写室です、頭上を通っていく光の道です。ハウスダストが金粉をまぶしたように輝いています。通り庭のスクリーンに何かを映すつもりなのでしょうか。

けれどそこにあるのは、埃をかぶった乳母車、錆びてしまった三輪車――、そのとき、ブリキを打ちつけた木製の冷蔵庫を見つけました。骨董市で見たことがありました。氷板を入れて使う、昔の冷蔵庫です。大きさは電子レンジを縦長にした感じでしょうか。サトさん、こんなものまでとってあったのですね。もちろん捨てません、私が使わせていただきます。素人の家でも、氷、配達してもらえるんでしょうかね。夏、お客さまが見えられたとき、こんなところから水菓子を出したら風流ですよ。

二階には小さな本棚に古いアルバムや、本、雑誌を切り抜いたスクラップブックなどが並んでいました。これらも処分してくださいといわれていましたから、ゴミ袋にそのまま入れればよかったのですが、つい、正座した膝の上に持ち重りのするアルバムをのせて、一枚、一枚、ページをめくってしまいました。

写真の横にはちょっとした説明が、青いインクで記されてありましたし、いえ、そんなのがなくたって、どの人がサトさんかはいっぺんでわかりました。パーマをあて銘仙のきものを着るサトさん。ワンピースを着てポーズをとるサトさん。二重で、目も大きくて、昔の京都の人にしては背丈があるように見えました。

年恰好から察するに、昭和二十年代の後半といった頃の、店のまえの通りで撮った写真がありましたが、いい時代だったんですね。看板に記された屋号こそ変わりませんが、京格子が縁取る通りの美しさは見紛うばかりのものでした。サトさん、少女の頃の写真が一枚も見当たりませんでしたが、やはり東京の空襲で焼けたんですね。何枚かの写真を、そっと台紙から剝がして、ポケットに忍ばせました。ええ、いまも持っていますよ。

それから本を二冊、お下がりとしていただきました。大村しげさんがまだ素人さんだった頃に、他の主婦の人と三人で出版した『おばんざい』（朝日新聞京都支局編）という本。奥付をみると、昭和四十一年となっていました。文藝春秋から出ていた季刊誌「くりま」の、昭和五十一年の夏号、これは京都の食を特集したものでした。食のエッセイを書くときの、いい資料になります。サトさん、ありがとうございました。

「こんな小っちゃいとこに、ものありすぎだよね。箪笥だけで七つ、八つか」

「うっとこの母親もこんなんやわ。ものようほかさんにゃなあ」

「なんでこんなものまでとってあるんだろう」

「いやー、身につまされるわあ。気ぃつけなあかんなあ。縁起でもないこっちゃけど、いつなんどき、同じようなことになるかもしれへん。家んなか、きれいにせんと」

そんなことを友人たちといってたんですが、本棚に、クロワッサンの「そろそろ、家の中をきれいにしたい！」という特集号を見つけました。これはそんなに古いものではないはずです。七十歳をいくつか越してから、お買いになったものですよね。

背表紙を眺めながら、何やらしんみりとしてしまいました。

一階の座敷奥の廊下に置かれてあった箪笥に手をかけていたときでした。

ぼたん雪が降ってきたのです。手を休め、庭に見とれてしまいました。お天気雪です。水分を多く含んでいますから、日差しを浴びて、きらきらと光るんです。京都では春先、お天気雪、めずらしくないんですね、空は晴れているのに、雪がちらついてくる。

庭はもう何年も剪定をしてませんから、庭ごと、大きな巣のような塩梅です。あれは南天です。それにしても南天の生命力はすごいですよ。上に伸びるものは雨樋《あまどい》を破り、厠《かわや》の前の庇を突き抜け、瓦から再び、その枝を広げている。椿は椿で、斜めに倒れながらも、伸びている、二、三本が、おたがいがおたがいを支えあっているんです。荒れ果てた庭ではありましたが、こんなところでも椿は花を咲かせていました。花どきは過ぎているとはいえ、それでも十や二十の数はついておりましたよ。花の色はくれないです。

そこに雪の白が混ざっていきます。たんぽぽの綿毛ほどはありそうな大きな雪です。サトさんが亡くなってからも、毎年、けなげに咲いていたのですね。誰に愛《め》でられることもなく、咲きつづけていたのですね。ふと忠犬ハチ公を思い出しました。

「きれい、艶姿、たんと拝見させてもらいますよ」と私。

いまでもときどき、このときの情景を思い出します。

あれは見納めの、大興行だったのですね。

うっとりとしていた眼差しを箪笥に戻しますと、廊下の箪笥には肌着や下着……といったものが仕舞われていました。心残りだったでしょう？　女なら誰しも、こういうものは人に見られたくないものです。うちの祖母は一九九六年に九十四歳で逝きましたが、ガンでしたので、いよいよと悟ってからは、そういう身のまわりのもの、日記などは、娘に手伝わせ、自分の手で始末することができました。けれどサトさんのようなクモ膜下だと、ある日突然ですからね。人によってはぽっくり逝きたいという人もいますけどね、私は祖母のように、自分の後始末はすませてから、向こう岸には渡りたい。でも、世の中、そう願っているものほどぽっくり逝ったりするんですよね。

ずっとあとになってから、夫に話しましたところ、

「だいじょうぶ、あなたみたいな人はじりじり死んでいく。ぽっくりはいかん」

慰めとも脅しともつかぬことを申しましたが、私たちには子どもがおりません、

「どちらかが先に逝ったときに、自分のものもいっしょに始末してしまえばいい」

と、いうことになったのですが、それも何だかねえ。残されたほうまで、棺桶に片足をつっこんでしまうようではありませんか。上手に生きるということは、上手に死ぬということだ、といった人がいましたが、うちの母も何やら思うところがあったようで、まだまだ元気なのですけどね、少しずつ後始末をはじめています。娘としては、複雑な思いで、見て見ぬふりをしているところです。

サトさん、失礼して、後始末させていただきますね。いえいえ、引き出しのなかは、きちんと、ほら、整理されていますよ。心配なさってたんですか。でも、あれでしょう、義理の妹さんや、姪ごさんより、見ず知らずの私がやるほうが、気が楽なのではありませんか。ええ、よかったです。ちょっとお手伝いができて。

あっというまに簞笥一竿分の下着が、三つほどのゴミ袋に収まりました。

そのとき、気配を感じたのです。誰？　私は庭のほうを向きました。となりの猫が降りてきたのかと思いました。いえ、そうではなかったんですね。椿の花が落ちたんです。あとから合点がいったのですけどね。椿の花は、首からぽとんと落ちるのはご存じでしょう。だから縁起が悪いなんていう人もいますけどね。

すーっと目の端に、それが落ちていったんですね。

「あ、お彼岸なんだ……」

そうです、翌日が、いわゆる春分の日で、この祝日を利用して、ゴミ出しをしてしまう算段になっていたのでしたが、忙しかったものですから、それがお彼岸であることは忘れていたのです。お彼岸はお墓参りをする日であって、仏さまがこの世に里帰りする日ではないのでしょうが、何か、偶然ではないような、縁を感じていたのでした。

二階のきもの箪笥からも、腰巻きや肌襦袢はすべて抜き取りました。

あれほど降っていた雪も止みました。

さあ、午後からは友人も手伝いに来ることになっています。夫も来るといっていたし、夕方には、古道具屋さんが下見に来る算段にもなっていました。ぐずぐずしてはいられない。お彼岸の時間は終わりです。私はてきぱきと動きはじめました。

7　家を空っぽにする　きものを市で売る

　家一軒分のゴミを出すというのは凄まじいものなんですね。三・五トントラックで四往復でしたからね。いえ、サトさんの家財道具だけでなく、倉庫代わりにして置いてあった不要の家具、それから庭の木も切り払いましたので、それらもひと山ありました。しめて、業者さんへのお支払いは十万円かかりました。ゴミに十万円です。

「そんなにするの？」と、つい夫にグチをこぼしたなら、

「文句いうんやったら、自分で手配したら」と夫。

「なんで、そんな喧嘩腰になるわけ？　ただ訊いただけじゃない」

ちょっとご説明をしておきますが、うちの場合は、夫婦分業といいましょうか、費用を出すのは私の役目なのです。夫はそれをサポートする、という役回りになっておりまして、図面、手配はもとより、費用を安くあげるために、施工もやってくれるのですが、この「くれる」という気持ちを忘れると、怒られるんですよ。ふたりの家なんだから、それは当然なんじゃない？ と思う方も多いと思うんですが、「だったら他の人に頼めば？ 僕も忙しいんですから」。夫はいつも正しいことになっている。前日も、午前中のセンチメンタルな気分は夫の一喝で微塵に砕かれ、午後からは殺気だっておりました。現場という言葉がまさにぴったりでした。

夫にいわせると、私のやり方は段取りが悪いの一言につきるんだそうです。

「引っ越しとは違うんだから、とりあえずゴミ袋から先に持っていってもらったら、通り庭があいて、らくになるやろ。頭、使ってくださいよ、頭」

「……はい」

いわゆる四十五リットル入のビニール袋が、百近くはあったのではないでしょうか。二階のものはやわらかもの（衣類とか布団）がほとんどでしたから、納戸の、例の扉からバサバサと投げ落としました。気分よかったですよ。が、なかには固いものも入っていたりすると、それが下の食器を入れたゴミ袋にぶつかって、グシャッと鈍い音をたてる。

「何、やってんねん。われもんはちゃんと包んでから捨ててよ」

「だって、引っ越しじゃないんだから、割れたっていいじゃない」

「アホか。ビニール袋から突き出て、危ないやろ。こんなガチャガチャいうてたら、運ぶのによけい時間がかかる。見てみい、Aさんはちゃんとやってるやろ」

「……は、い」

ひとり暮らしで、なんでこんなにあるの、というくらいの食器の数でした。しかし残念ながら、戦前のものは一枚もありませんでした。雑器の類でも、昭和の初期くらいまでなら、古道具屋さんが持っていってくれるんですけど、新しいもの（箱に入ったままの新品もありました）だと、名のある陶器会社のものでも、

「それは（値が）入りませんな。堪忍してください」

いま、思えば、フリーマーケットで売ればよかったんですけどねえ。

まあ、あらかた予想はしていたのですが（そもそも古いもの好きの私や友人が選ったあとの、残りものですからね）、古道具屋さん、ほとんど何も持って行ってくれませんでし

た。京都では一目置かれる丸平《まるへい》さんのところのお雛さんも、

「丸平さんのものいうてもね、ピンキリやし、状態がね……。ほかのお道具はほかして、お内裏さんとお雛さんだけ、持ったはったら?」

と、いわれる始末。ほかにも戸棚いっぱいに、お人形が飾ってあったんですけどね、値が入ったのは二つだけでした。けれど、二人の古道具屋さん、友だちの骨董屋さんから、ああまで首を振られたんじゃ、捨てるしかありません。

「お人形さん捨てんのんは、かなん」

「サトさんが大事にしてたもんだもんね」

と、さすがに友人も人形を片づけるときは、その手が鈍っておりました。

「それよりきものとかあったら買わせてもらいますけど」

と、古道具屋さんにもいわれてしまいましたが、

「ええ、貰い手がついてしまってるんで、すみません」

古きものは友人Aさん、Bさんの縄張りですから、すべてお任せいたしました。古きものはブームですからね、天神《てんじん》さんや弘法《こうぼう》さんの骨董市でも、いまいちばんの売れ筋は、古きものじゃないでしょうか。ええ、いっときの伊万里を凌ぐくらいの勢いがあります。

千円、二千円のきものがバーゲン会場さながらの光景で売れていきますからね（そのまま着てもよし、ほどいて仕立てなおすもよし、洋服にするもよし）。

前日、三人で仕分けをしたのですが、私が、

「まさか、こんなんはいらんやろ。端切れやし、縮緬《ちりめん》でもないし、捨ーてよ」

と、勝手なことをしようとすると、その手をそばから叩かれる。

「あかん、あかん。それモスリンや」

端切れでも売れるんだそうです。

しかし友人A、Bともに、好みははっきりしていますから、

「ほかしたらあかんけど、私はいらん」

「そんなんいわれても、私も困るしなあ」

そこで私は一計を案じました。

「よっしゃ。こうなったら、妙連寺《みようれんじ》（西陣）の市で、露天商デビューといきましょ」

その晩、近所のAさんの仕事部屋にどっさりと持ち込みまして、

「えー、うっとこ、こんなん置いたら、狭うてかなんわ」

と抵抗されるも、三人のなかでは、いちばん広大な邸宅にお住まいでしたので、有無

をいわさず、承知させてしまいました。妙連寺の市も月一ですので、かれこれ二週間近く、Aさんの仕事場を占領しつづけたことになりますね。すみませんでした。

いよいよ前日は、三人集まって、夜遅くまで、値段つけでたいへんでした。友人たちは、生地をこすったり、ひっぱったり、それでもわからないときは、端切れやほどいてあるものは、シュッとマッチの火で炙《あぶ》る。臭いで、正絹かどうか確かめるわけです。ほとんどプロでしょう。露天商デビューですから、気合も入っています。

最初のうちは一枚、一枚、出しまして、

「はい、本日、最初の品は――」

「あ、もーろた」

「あげた。ありがとうございました。つづいての品はこちらです。いませんか、いませんね。では、出品します。いくら、千円？　はい、じゃ、千円で決定、トントン！」

などと楽しんでやってたんですけどね。三十分も過ぎたら、オークションごっこも飽きちゃった。いや、みんな眠くなってしまったんですね。

「これは？　千円？　これはいる？　どっち？　千円？」

うん、うん、頷くばかり。私は素人ですから、Bさんが頷いたなら、紙に「￥100

0」と書いて、糸でしゅっと縫いつける。最後のほうはもう五枚まとめて「¥2000」、「¥3000」とか、売る前から、早くも投げ売り状態に入っておりました。

ともあれ、翌朝八時、Aさん宅のトラックに荷を載せて、妙連寺に到着しました。ディスプレイをしはじめたのはいいのですが、となりも古きもの屋さん、もちろんプロです。とたんに心配になってきた。おまけに肝心の客足がねえ。弘法さんや天神さんの賑わいと比べるものですから、Aさんも私も、

「売れるかなあ……」

「この値段やと売れんかもしれんなあ。堀内さん（「うるわし屋」さん）も、そんな強気やったら売れんと思う、ていうてはったしなあ。わかった、Aさん、私、ちょっと新価格を書いた札、作ってくるわ」

というや否や、境内を走り出していた私でした。ここは西陣、近くに夫の（当時の）事務所があります。設計事務所ですから、ボードでもフェルトペンでもなんでもあります。「正札の三〇％OFF」「五〇％OFF」「商売抜きでお譲りします」

あとに残されたAさんも、五分後、Bさんが到着するや否や、駆け出して行きました。買ってくれた商品を入れる袋を用意してなかったんです。

事件はこの私とAさんがちょっと外したすきに、起こってしまったのでした。

狐につままれた感じでした。戻ってくるなり、Aさん、私から「五〇%OFF」などのボードをひったくり、「もう半分くらい売れてしもた」と耳打ちするではありませんか。見ると、私が一所懸命ディスプレイした石段は、すかすかになっています。

「売れたって、売れたの？　もう？」

「Aさんがいいひんようになったら、急にお客さんがばたばたと来やはってん。これとこれとこれて、十枚くらい選ばはって、お金、あとで持ってくるさかい、お取り置きしといてや、いう人がいてんな。いや、それはええねん。そやないねん。次の次くらいに来たおじさんが丸帯、買わはってんな。どの帯て、茶色のや」

「ああ、あの何か、地味やけど、豪華絢爛って感じのあれ？」

「そやがな」とAさん。「あの帯に二千円て値、つけたん、誰え？　私がアイロンかけてたときやろ。私、覚えてへんもん」

「私も覚えてへん」とBさん。

「私、覚えてる。二千円？　というたら、Bさん、頷いた」

ま、誰のせいかはどうでもいいといえばいいのですが、そのお客さん――。

「麻生さんが戻ってくるちょっと前に、また覗きに来てな、いけずや、あのオッさん。あんたら素人やろ、いわはったん。さっきの帯は、幽谷織《ゆうこくおり》いうてな、伊達弥助さんの帯やで、ここだけの話、わし、十万円でも飛びついて買うたわ、それでも安いわ、早起きは三文の得とはよういうたもんやなあ、とこうやねん」

「なにー。ちょっと、じゅ、十万円？　いくら何でもそんなええ帯、二人が見て、何でわからへんかったん？」

「ごめんなあ。うちら帯はわからへんねん」

「ほんでな、そのオッさんがいうには、帯の芯に、真綿（絹）が入ってんねんて。そういえば、あの帯、ふっくらしてたやろ。やわらこうて」

「そんなん、いま頃いわれてもなあ」

真偽のほどはわからないのでしたが、資料館で調べたところ、確かに幽谷織というのは存在しました。五代目というのが名工とうたわれていたらしい。ただこの幽谷織、ルーペでも使って見ないことには判別できないような代物なんだそうです。はたしておじさんがそれほどの目利きであったのかどうか、眉唾もののような気がする、いや、そう思いたい私です。さらに、おじさんによると、テニスの伊達公子さんは、その子孫だとか……。

ともあれ、お昼過ぎには、もうほとんど売れてしまうという盛況ぶりでした。理由は、ま、一つですね、「なんで、なんでこんな安いの？　これもこれもこれも、ぜーんぶ買うた」というようなまとめ買いの人が続出するほど、破格だったんです。ほかの露店から当然、クレームがつきましたが、Bさんが如才ない人なので、笑顔で応戦、

「素人かあ。今日一回だけなんか。しょうがないなあ」

ということで、許してもらうことができました。しかし訊かれましたよ。

「せやけど、ちょっと、あんたら、どこで仕入れたんや？」

「へへ。内緒です」

鼻高々の私たちでした。仕入れるも何も、ただですからね。

お昼までの三時間で三万円くらいの売り上げだったでしょうか。このお金はその後、ゴールデンウィークに、手伝ってくれた人みんなでピクニックに行ってお終い。というのも、持っていったお弁当というのが、某老舗旅館（無理にコネで頼み込んだ）のものでしたので、はい、かえって持ち出し分が出たほどなのでございました。

文句ばっかりいっているようですが、人の家を一軒、片づけるというのは、自分の人

生の深淵を覗くことでもあるんですね。いい経験をさせていただきました。友人とも、「髪、洗たら、どす黒い泡がたつし、鼻かんだら、墨絵のようやし、もう埃だらけでえらい思いさせられたわと思てたけど、ええ勉強になった」

と、頷きあったものでした。

Aさん、長持ちももらってくれたんですよ。箪笥は古道具屋さんの値が入って、持っていってくれましたから、いまごろは誰かが使っていることでしょう。用いられてこそ、道具です。むかしの足踏みミシンも木屋町《きやまち》通五条《ごじょう》でカフェをやっている知人がもらってくれました。いいミシンでしたよ。後日談になりますが、ご近所に「もうすぐ改修工事に入りますので……」というようなご挨拶に伺ったときに、お向かいのおばあちゃまが、「サトさんの姪ごさんかなあと思てたんですけど、それは違たんですねえ。ええ、親しくさせていただいてたんですよ。器用な方でね、縫いもんなんかもお上手でしたよ。うちのミシンをもらってくださったりしましてね」

と、店の間にちんまりとすわって、お話してくださるのでした。

実は私がこの原稿を書いている紫檀《したん》の小机も、サトさんのお下がりです。朱塗りのちゃぶ台、衣桁、花入れの籠……、いろいろいただきました。こんなことを推測するのはなんですが、サトさんのこういう家財道具は、戦後、京都に帰ってきてから、道具屋さんで揃えたものではないかと思うんです。というのも、それらのものは戦後のものではありません。大正から明治にかけてのものでしょう。どちらにしろつまりサトさんの前にも、誰かが使っていたということです。

店で使うような机ではありませんから、さて、どんな人が使っていたのやら。この小机で芸妓さんが旦那はんに恋文をしたためていた、そんなことがあったかもしれない、なかったかもしれない……。どちらにしても、そういうことを考えさせるだけの力が、むかしの道具にはあるように思います。使い込まれた傷には迫力があります。といって、古いものでも、それがないものもある。やはりどう使われてきたか、ということでしょう。

いまお尻に敷いているこの座布団も、サトさんのお父上のきものだったものです。Aさんに手伝ってもらいながら、作ってみました。古いきものをほどいて、洗い、アイロンをかけて、傷んでないところを選りながら裁《た》って、縫う。それから綿入れです。私、やったことがなかったんです。ですから羽毛のように、綿も少しずつ詰めていくものだとばかり思ってたんです。違うんですね。もちろんそんなこと知らなくても、いまの時代、暮らしていけます。
でも、私にはそれがすごく「損」をしていることのように感じられたのでした。

8 防空壕が出てきた

お彼岸の中日に行われたゴミ出しで、町家はすっかり表情を変えました。すっきりしたというよりは、丸刈りにされてふるえている羊といった感じですね。トラックが処理場に行っているあいだに、夫は大活躍です。二階の天井のベニア板、壁のプリント合板をバリバリ、バーンと剝がして、そのたび埃が噴煙のように舞い上がる。

「うわー、これで今日も鼻をかんだティッシュは墨絵だね」

庭の、斜めに倒れながらも、それでも伸びていた松や、椿や南天、アオキも、電動ノコでばっさり切り落としていきました。

「すっきりしたやろ。京都のど真んなかのブラックホールみたいやったからなあ」

「あれ？　椿……。せっかく健気にも毎年、花をつけてたのに……」

「ちゃんと残してるよ。枝を切り払っただけや。もっとあったてか？　ひょろひょろに伸びた子どもみたいなんか？　あれは、勝手に増えたんやろ」

「えー、三本くらい大きなのがあったでしょ……」

「夢でも見てたんとちゃうか。ああ、松の枝に絡まって、何本にも見えてたんやろ」

夫は私があの日、密かなセンチメンタリズムに浸っていたことは知りません。あれ、幻だったのかなあ。いや、そんなことはない。

「ゴミ出しの日の前の日、吹雪みたいなお天気雪、降ってたよね」

「知らん」

あとから友人に確かめました。はい、間違いなく、お天気雪は降っていました。

荷物がなくなってまず感じたのは、「建物が傾《かし》いでる」ということでした。

「ジャッキで持ち上げたら、元には戻せるけど、そんなに気になるか？」

またもや夫からは発想の転換が求められているようです。坂本龍馬で有名な伏見の「寺田屋」に比べたら、なんてことないです。それに、去年、ロンドンで小さな隠れ家みたいなホテルに泊まったんですが、「どうだ、我輩は由緒ある建造物であるぞ。ゆえにちょっと傾いでおる。ドアは体重をかけねば、閉まらぬぞ。これ、引力の法則でな。家具調度品もすべてアンティークであるぞ。見よ、猫足のバスタブを」と、威張ってましたよ。もちろん宿泊料はアメリカ資本の大型ホテルよりも高かった。

「うん、そうだね、このままでいこう。これぞアンティークの味」

「せやろ」

この件はこれで一件落着だったのでしたが、見れば見るほど粗が見えてくる。

「すきまから外が見えてる」

二階の壁に張りつけてあった木目調のプリント合板を外したら、これが鴨居とのあいだにきれいにすきまができてるのです。家が傾いでるせいでしょうか。

「それもあるかもしれんけど、これは地震ちゃうかなあ。うん、神戸の。京都も震度5やったからなあ」

「これもそのまま?」

「いや、左官屋さんに入ってもらう、前にいうたやろ」

「あれ、そうだっけ。すいません。じゃないと夏、蛾が入ってきそうだもんね」

天井もね、野天井ですから、「とんとん」(杉板)が、そのまま見えるわけです。美しいことは美しいのですが、

「これ、集中豪雨とかがきたら、雨漏りせーへんやろか」

「瓦がちゃんとしてたら、だいじょうぶや」

昔の家はとんとんの上に土(瓦土)を敷いて、その上に瓦を載せてあるんだそうです。

「雨は落ちてきーひんけど、この土がぼろぼろ落ちてくる可能性があるなあ。天井に代わるもん、和紙かなんかで押さえるか?」

私は首を横にぶんぶんと振りました。せっかくの美しい野天井が見えなくなります。

「毎日、せっせと雑巾がけしたらいいだけでしょ」

納戸も積み上げられていた荷物を片づけると、虫籠窓が出てきました。部屋のほうは、虫籠を撤去して、硝子窓に変えられていましたが(たぶん改修したのは、昭和の初期ではないでしょうか)、納戸の部分は虫籠窓(土格子)の上から漆喰《しっくい》で塗り固めたようで、内壁はそれが残っていたのです。古民家、という風情です。

「虫籠窓に、全部、戻そか」

「いや、名残りで充分です」

メーター（料金）、上がります（お金を出すのは私の担当なので……）。

「ここなあ、寝室にならへんやろか。ここ、硝子にして」

「私の書斎にするんじゃやなかったの？」

幸い、ベッドがギリギリで入らず（なかで組み立てるにしても）、この案は却下されました。絶対、納戸は私の書斎です。そう、ここを硝子にして上から井戸を見下ろす。井戸の底にスポットライトを設えてもらって、地下から明かりが……。

計画は着々と進んでいるのですが、なかなか工事ははじまらない、

「早く改修工事、入ってよ」

と、催促したなら、怒られた。

「うるさいなあ。ちゃんと段取り、考えてからやってるんですから、そんなにせっつかないでくださいよ。先に風呂桶とか、檜の板に漆が塗れてからや」

「床板は、張る前に塗るの？」

「そのほうが脇まできちんと塗れる。あ、裏も塗ろか。白アリ防止になる」

「漆って白アリに効くの？」

「そうや。漆はすごいよ。漆を塗った木は何千年経っても腐らへん」

何千年ですか。またオーバーな。えっ、本当なの？

「GW《ゴールデンウィーク》に入ったらすぐ、石川県の小松から漆職人さんに来てもらう」

「石川から漆職人さんを呼ぶ？」

また夫の凝り性がはじまった……。費用、かさむなあ、と思いきや、

「沢田さん（漆職人さん）に教えてもろて、GWをかけて、僕らで塗る」

と、夫はいうではありませんか。ちょっと待ってください。

「自分で塗るの？　漆を？　床が黒とか朱色になるの？」

「ちゃうちゃう、木目が透けて見える、拭き漆いうやり方や」

「吹きつけるの？」

「その吹くやない。拭き掃除の〝拭く〟。生漆《きうるし》を塗って、それを摺り込んで、最後に布で拭きとんねん。それを何回か繰り返す――。あ、欅《けやき》の茶托、持ってるでしょ、うん、飴色の。あれが拭き漆や」

ああ、あれね。それにしても床が漆？　自分で塗るにしても費用が……。

「建築用の生漆やったら、そんな高いもんちゃう。一缶一万五千円くらい。三缶もあっ

たら、充分ちゃうかなあ」

と、いわれても、高いんだか、安いんだか、素人にはよくわからないのでしたが、ま、天然木の床材のランクを少し落とせば、かんたんに浮く値段ではあるでしょう……。

漆が欧米でジャパンと呼ばれているのは、私も知っています（対してチャイナは磁器ですね）。日本を代表する伝統文化であり、美である、というのも、一応、認識しておりましたが。しかしこれが縄文時代から用いられていたとは……。遺跡から、数多くの漆盆、黒漆や朱漆を塗った木器、櫛、耳飾り、腕飾りが発見されているのだそうです。つまりです、漆を塗った木は、土中にあっても、夫がいうように何千年（縄文なら五千年前でしょうか）の歳月を経ても、腐らないということですね。ちょっと信じがたい話でしょう。しかし漆をどうやって採取するかをきいて、合点がいきました。漆の木を傷つけると、傷口を守るために、樹液が滲み出てくる。それをヘラで採取したものが「漆」なんだそうです。そりゃ、白アリも入らないでしょう、腐敗菌もつかないでしょう、もともとそれらの侵入を防ぐために、この世に存在してるんですから。

でも、最近の化学洗剤とかには弱いんじゃないんですか。

「いや、漆を溶かす溶剤はないんです。酸でもアルカリでもアルコールでも溶けません」

　というんですが、本当ですか？　という感じでしょう。だって一般的に漆というと、非常に繊細で華奢である、というイメージがありますよね。うちの母なんか、輪島塗などのお椀を使うときは、そりゃあ、うるさくて、付け洗いをしない、束子《たわし》を使わない、目の粗い布巾では拭かない、日光に当てない（よって、使わないときは布に包んで木箱に仕舞う）、などなど、こまごまとした注意を私に与えたものですよ。

　それが硫酸でも溶けない、というのですからね。あれは漆そのものではなく、その施されている蒔絵《まきえ》のことをさしていたのでしょうか。

「酸にも溶けへんのかあ。ええなあ。よっしゃ、トイレの床も漆塗りにしよう」

　調子にのって夫がいいはじめました。実験だというのです。

　さて、読者のなかには、自分もやってみよう、という方がいるかもしれません。釣り竿（和竿）に拭き漆をすると、これは箔がつきます。日本精漆工業協同組合が出している『うるしと塗り読本』から、その部分、引用してみましょうか。

　和竿のうるし塗りにも、いろいろな技法があります。手拭き手摺りといって、現在の竿師が行っているのが、拭きうるしです。これには「下拭き」と「上拭き」の二工程があります。下拭きは生うるしを薄手のゴム手袋をはめた掌につけ、両方の掌で竿を挟み、回転させながら竿全体にうるしを摺りこみます。上拭きは毛羽のないボロ布で、先に摺りこんだうるしを拭き取る作業です。なお、竿にうるしを塗る前に、シンナー拭きか熱湯をつけた布で湯拭きしてください。

ということですから、これはかんたんです。ものの一時間もあれば足りるのではないでしょうか。かかる費用も何百円とか、かかっても千円くらいでしょう。

私たちが檜の床材に施したのも、同じような技法でした。用意したものは、檜の床材(幅十センチ×長さ二百センチ)二百枚、生漆(建築用、乾燥が早く、ノビもいい)、ヘラ、ボロ布と、雑巾、薄手のゴム手袋に布手袋、ツバキ油。

よろしいですか。まずですね、ツバキ油(化粧品のオイル類でOK)を手や、腕、首、顔と、外気にふれているところに塗ります。そう、かぶれないようにするためです。かぶれそうな気がする人は、夏場でもなるべく半袖は避けたほうがいいかもしれません。そして布の手袋をします。その上からゴムの手袋。これでかぶれ対策は完璧です。

つづいて、素地の調整。床材はプレーナー仕上げだけでは、塗り上がりがきれいにいかないので、ペーパーをかけて素地を調整するというのが、正統派のやり方なのですが——、私たちはしませんでした。いわゆる手抜き。だって床材二百枚ですよ。なので一工程とばして、いきなり漆塗りです。よろしいでしょうか。では、漆の缶を開けますよ。薄い飴色で、どろっとした液状です。さすが天然塗料ですね、ペンキのようなつーんと鼻にくる臭いはありません。匂いか、臭いか、迷うところですが、ともかく酸っぱいニオイがします。「高貴な方の芳しき足の臭い」と、表現した人がいましたが、うむ、いい得て妙かな。私は好きな匂いでしたが、お師匠さんの沢田さんいわく、「漆のニオイが好きというのは、どちらかというと年配の人に多いんですよ」、真面目な顔していうので、リアクションに困りました。余談ですが、乾いたら無臭です、念のため。

いよいよ塗りはじめますよ。ヘラ（私たちはプラスティックのヘラを使いました）の先にちょっと付けて、板（床材）にすーっと伸ばしていきます。面白いくらいに伸びます。お師匠さんがやると、一度つけたら、端から端まで、ムダなくムラなく薄くつく。が、どんなに伸びても、私がやるとムダもムラも出る。でも、いいんです。ここが拭き漆のいいところ。そのあと、ムラムラはボロ布で均一に、くるくると円を描くように摺り込んでいきます。あくまでも手早く。じゃないと、漆に粘りがでてきて、やりにくくなる。摺り込んだら、雑巾（毛羽のないもの。もちろん濡らしませんよ！）できれいに拭き上げていきます。どうです、これなら素人でもできそうでしょう。

これで一回目は終了です。あとは乾燥させて、同じことを繰り返していくだけです。うちの場合は六回塗りの予定だったのですが、工期の関係で、五回塗り（一部、六回になってしまいました。二百枚ともなると、素人三人（夫の後輩の芦田クンも駆り出されました）で、一回で二日はかかるんです。掛ける五でしょう、単純作業ですが、時間はかかりますね。本当はね、床なら三回くらいでもいいんですが、夫いわく「実験しよう」、回数をおうごとに、どのくらい艶や色がよくなっていくかを見てみたいという。この果てしない作業のおかげで、いやー、漆漬けの九九年GWでございました。

かぶれですか？　最初のうちこそ、神経質になってましたが、人間、慣れてくる。夫なんか、もう素手で塗ったりしてましたからね。原液、つきまくり。私も手袋に穴があいているのに気づかずに、爪が漆色に染まったりもしたんですけどね。

「十人に一人くらいはまったくかぶれない人もいます」

そうか、私たち（芦田クンも）はその十人に一人なんだ、と思っていたのですが、これには後日談がありまして……（後述します）。

それにしても、漆というのは摩訶不思議なものですね。さすが生き物といいますか、それまで持っていた常識を覆されることが多く、単純作業ではありましたが、飽きはしませんでした。面白かったですね。その一つが、漆の乾燥です。ふつう、ものを乾かすときは、どうします？　湿度を上げますよね、湿度を下げますね。ところが漆はそれだと乾かなくなるんです。気温は二十度前後がお好み、それ以上、高くなってくると、いつまでも固まりません。さらに湿度はなんと八十パーセントくらい必要なんです。除湿器が入った乾燥室なんかに入れたら、永遠に乾かない。漆塗りは、とにかくじめじめとしたうっとうしい気候が好きなんです。変わっているというか、面白いと思いませんか？　ま、だから中国ではなく、この日本で発達したんでしょうね。

それにしてもなぜ湿度が低いとだめなのか。資料によりますと、漆の乾燥というのは、単なる「乾く」ということではなく、「酵素が網目構造に巨大に高分子を構成する」ということなんだそうです。要するに「空気中の酸素が、漆のなかに含まれているラッカーゼという酵素の働きを促進させ、ウルシオールを硬化させる」ということらしいんですね。私にはちょっと苦手な分野ですので、それ以上のことは突っ込まないでください。よって、「細胞の形で固化するので、漆の塗膜は強靭性をもっているとともに、折り曲げに対しても強く、肉厚感があるのです」、おわかりいただけましたでしょうか。

別に、私は漆屋さんのまわしものではありませんが、漆塗りの床というのは、化学塗料のフローリング材はもとより、大理石なんかよりも百倍、贅沢である、日本の家には向いているぞと、私は思います。が、しかし、そうですよね。「漆塗りのフローリングには興味は津々だが、そんな時間が生憎、わしにはないのでな」という方が、世の中、大半ですね。私たちのお師匠さんのところでは、天然木に漆塗りをしたフローリング材を販売しています。もちろん来てもらって塗ってもらえます。

漆塗りと並行して、待ちに待った改修工事がはじまりました。

二、三日、経った頃だったでしょうか、一度、出かけたら、めったなことじゃ家になんか電話してこない夫から、電話がかかってきたのです。

「圭子ちゃん、すごいもんが出てきた」

と、やや興奮気味の口調でいうのです。京都というのは、地面の下は、歴史がミルクレープのように重なっていますから、掘れば何かが出てくる。大判、小判……。

「何、何が出てきたの？　ヒントをいってよ。江戸時代？　室町？」

「そんなむかしのもんやない。ま、見に来てみーな」

行きましたよ。夜になってからでしたけどね。格子戸の前には、蹲《つくばい》に花。気の早い私が生けたものです。蹲は御所のそばの町家が解体されるときに、もらったものです。通り庭には、建具や欅の一枚板（床板《とこいた》）などが立てかけられている。これも、解体する別の町家からもらってきたんですが、床板は、重機が入る前に、自分たちで生けこぼちをして、トラックでわざわざ運んできた、こだわりの一品。古材バンクで買えば、数十万円はするらしい。もう友人たちも協力態勢に入ってくれてますからね、「うちの近所の町家が解体されてる」と、連絡が入る。で、トラックの手配をして、いただきに参上する。このあいだも茶室が解体されるっていうんで、出かけたんですが、これは大ハズレ、戦後に建てられたもので、柱も床板も巧妙な張り物だったのでした。

話がそれました。お話したいことがあそこにもここにもあるもので、つい。

さて、なかに入ってびっくりです。すっかり工事現場と化してました。もちろん大工さんたちはもう帰ってしまっています（職人さんたちは朝が早いですから）。工事用のライトが上からぶら下がって、まるでここは銅山か（見たことはないのですが）、という感じです。床がなくなると、家というのはとたんに表情を変えるんですね。床下はそのまま地面です。床や建具（壁）がなくなると、その柱の細さがいっそう際立ってくる。

「柱、細いんだね。でも、一応、これが大黒柱でしょ」

思わず、不安げに夫に訊いてしまいました。だって、私の太股より細い（？）んです。

「そんなことより、ここ、ここ、見てみ」

おお、そうでした。すごいもんを見に来たのでした。

「何、この穴。和田さん（大工さん）が掘らはったん？　じゃないよね。え、井戸？　井戸がもう一つ、出てきたん？　違うの？　御所に通じる地下道の入口とか？」

「飛躍しすぎ。そんなむかしのもんと違う。まあ、来てみ」

靴が泥だらけになる。

「こんな経験、もう二度とでけへん。明日になったら、和田さん、埋めはるていうたはったし。期間限定や。見てみ。すごいやろ。いや、僕も、これ見たとき、井戸が出てきたと思った。そしたら和田さんがひとこと、ああ、これ、防空壕ですわ――」

「防空壕て、防空壕？　本物？　ほう、床落としたら、戦時中が出てきたか」

「和田さんによると、これ二人用らしいわ」

「こんな小さな洞穴みたいなところに、二人も入ってたん？」

「いや、これは入口だよ。下は広がってんねん。Lの字になってる。まあそれでも一畳くらいかなあ。奥のほうは土で埋めてるから、ようわからん」

「防空壕って、庭に掘ってたもんだとばっかり思ってた。ということは、空襲警報が鳴るたびに、畳上げて、入ってたということ？　でも、家が焼けたら、かんたんに酸欠になるんじゃない。だけど、あれか、奥の庭のほうに掘ったら、家に火がついたら逃げられないもんねえ。通り庭が炎の道になるし……」

妹尾河童さんの『少年H』を読んだばかりだった私には、しばしまるで自分が経験したかのごとく、その様子が絵になってくるのでした。

土でかなり埋められていましたが、そっと入ってみました。ひんやりとしていました。

「埋めるの？　復元して、残さへん？　せっかく残ってたんやもん」

「残すんか？　テーブルとか置くつもりやなかったんか？」

「うーん、そしたら、井戸みたいに枠をつくって、上に硝子の天板のせて、テーブルにする。残そうなあ。防空壕がどんなもんやったか、戦後生まれはみんな知らんわけやし。

で、八月十五日にはここに入って、黙禱《もくとう》をする。やりすぎ、だね。すみません」

それにしてもさすが京都です、中京というまちなかにあって、格子戸の向こうには、防空壕が残っているんですね。これは単に戦災にあわなかったとか、そういう理由だけではないと思うんです。かりに東京が空襲にあっていなくても、こういうものは残っていないはずです。せっかく築百年という古民家を貸してもらえることになったのです。

「不便だし、無用ではあるけど、これが歴史だもん。残そう」

私は変わりつつありました。柱や梁だけを残して、あとは現代風にリフォームしてしまうという再生ではなく、こういう「汚点」「欠点」も受け継いでいきたい、そんなことを、強く感じるようになっていました。

9　突然、アクシデント

本格的な工事をはじめて、一週間くらい経った頃でした。大家さんから、何やら切迫した様子で、電話がかかってきたのです。もう有無をいわさず、といった感じです。

「ああ、麻生さん？　話がありますにゃ。いまからそっちへ寄せてもらいますわ」

「はい？　え？　何かありましたでしょうか」

「電話やと何やし、会《お》うてから話さしてもらいますわ」

話ときたら、思い当たることは一つしかありません、改修工事です。家の前には、工務店の小型トラックが停まっていますし、門口の猿戸も外してましたから、覗こうと思えば、いかようにも覗ける。見ようによっては、壊しているようにも見える。店の間の床は落とすわ、走り庭と座敷との壁をぶち抜くわ、という状況でしたからね。大家さんは、この様子を耳にしたのではないでしょうか。いえ、手を入れるということは、大家さんも了解済みでした。けど、まさかここまでやるとは思っていなかったに違いありません。

これは非常事態であるぞ。夫に同席してもらわねば……。

「いえ、そしたら、夫と連絡が取れしだい、こちらから伺わせていただきます」

夜になってしまいましたが、夫と雁首並べて、大家さんの家に出向きました。

ところが大家さん、予想に反して、背中をまるめて、湯飲みに視線を落としている。

「わざわざ来てもろて、えらいすんませんなあ……」

私たちにもお茶などすすめてくれ、さっきの勢いはどこへいったのやら。

なかなか開口一番が出てきません。

「あの、工事のことでしょうか」

私がおそるおそる探りを入れてみました。が、大家さん、

「そうやおへんにゃ」と、うなだれるばかり。やっと切り出した話は、

「実はな、えらいことになってしまいましたんや……」

結論からいうと、大家さん、私たちに家を貸せなくなってしまったのです。

嘘でしょう？　という感じですよね。そんなことといったって実印ついて、契約書まですでに交わしてるんですからね。青天の霹靂です。その事情というのが、たとえば大家さんが破産して、町家が差し押さえられた、競売にかけられる、というのなら、まだ理解しやすかったんですが、身内の複雑な感情の行き違いだったのです。これには法律も、何も、第三者は入れません。

「あれにひとこと、いうといたらよかった……」

と、大家さんは悔やんでも悔やみきれんといった表情です。ついで出てきた言葉が、

「お家賃、とりあえずお返しさしてもらいますわ」

いや、待ってください。

「そういうことではなく、私たちも、本当、困るんです。ほかに貸してもらえる町家があるなら、あきらめもしますけど、ここに至るまで、本当に長い道のりだったんです。なかなか貸してもらえないんですよ。それに、いま住んでるマンションも、今月末で解約になるんで、出ていかなきゃならないんです。工事だって……」

「入ったばっかりに見えるかもしれませんけど、一気に仕上げてしまうつもりで、準備は一カ月以上も前から進めてたんですよ」と夫。「たとえばですね、僕ら、床には漆を塗った檜の板を敷こうと思ってたんですけど、その床材二百枚には拭き漆という工法で、漆仕上げがすんでますし、檜の風呂桶も、わざわざ長野の樽職人さんのところまでオーダーに行って……、いや、キャンセルしようにも、明日、届くことになってるんですよ。大工さんも左官屋さんも、スケジュール、空けてもらってましたからね。それに麻生のほうは、町家を修復するところから、すでに雑誌の取材が入ってるんです」

「へーっ」、足が悪いにもかかわらず、立って、私たちのやりとりを見守っていた大家さんの奥さんの喉から、笛を吹いたような驚きの声が洩れました。

大家さんは頭を抱えてしまいました。

「よかれと思てしたことが、こないなことになってしまうとは……」

うちにかかってきた電話が、有無をいわさぬ口調だったのは、その直前まで、身内の人とやりあっていたからなんですね。その感情の昂《たかぶ》りが、私たちの顔を見るなり、一気に萎《しぼ》んでしまった。本当に悪いと思ってくださっているのは、その表情からありありとわかりました。大家さんとしては、その身内にも、よかれと思ってしたことなんですよ。

空家にしておけば、どんどん家は傷む一方です。私たちは貸してもらえるなら、荷物の整理から、傷んだ壁の修復から、全部するといっていたわけですから、誰が文句をいいましょうぞ。

だから家賃は三万円だったんです。固定資産税が浮けばよかったんでしょう。店舗として貸すなら、十五万円でも借り手はつく物件です。いったん真実がわかると、すべてのことがらに辻褄が合ってくる。最長五年という契約も、最初、大家さんは二年くらいの契約を望んでいたのです。そこを私たちが無理やり、ねじふせたのでした。

「その方を、何とか説得してもらえませんか。最長五年で契約してましたけど、こうなったら二年でもかまいません。家賃を上げてもらってもかまいません」

最後は、私が直接、その人のもとにお願いに上がりましたが、駄目でした。

そこまで書いたら、状況を少し、説明しなければなりませんね。たとえば、たとえばですよ、こういう話があったとしませんか——、X氏という人がいたとします。X氏は町家を何軒か持っています。そのうちの一軒に末の弟を住まわせていましたが、弟も所帯を持つことになり、手頃な町家が売りに出たので、弟名義で購入します。ときはそうですね、昭和二十年代ということにしておきましょう。しかし弟は自分名義の町家には引っ越さなかった。実の兄弟ですからね、それで何の不都合もなかったんだと思います。弟名義の町家には、寡婦になっていた姉を住まわせます。X氏、一家の長であったわけです。

ふたたび、たとえ話ですが、昭和という一つの時代も終わり、姉、弟と相次いで、鬼籍に入ります。弟の遺族は、住んでいる家ではない家（空家）を相続してしまいます。しかし長年の慣習、あるいは当然の権利として、X氏名義の家に住み続けます。そんなある日、その相続した家に工事が入っているのを見知ってしまう——。

感情的にはどう思うでしょう。

以上、たとえ話でした。

悪い人は誰もいないんです。他人名義の家を第三者に貸すなんて、詐欺じゃないんですか、と思う人もいるかもしれませんが、管理している者が、名義を有するものの承諾を得て、第三者に貸すという行為は、違法ではありません。大家さんが「あれにひとこというておけばよかった」と悔やむのは、つまりはそういうことなのです。

「これも京都なんかなあ。京都ということであきらめるしかないんかなあ」

何とも理不尽なものいいではありますが、でも、そう思うのが、東京人の私にとってはいちばん納得できる理由でした。はっきりものをいわない、曖昧なままですむことはぎりぎりまで意思表示はしない、という気質こそ、千年の都、京都、織田が天下をとったかと思えば、明智が秀吉が、家康が、とくるくる変わる状況下において、ご先祖さまたちが身につけた処世術であり、それこそ野蛮ではない都人としての証である。京都の人たちはよく自慢します。そうなんだと思いますよ。

けれどそれじゃあすまないときもあります。我慢の限界を越えるときもあるわけです。それまでに鬱積したものがありますから、両者がどんなに善人であっても、執拗にこじれてしまう。そうなると、もう手のほどこしようがないですね。大阪人や江戸っ子にはちょっと理解できない事態に陥ります。

吝嗇で知られる京都人がですよ、意地が損得を凌駕してしまうんです。

ちょうどその頃、中京の老舗旅館と、そのうしろの家が五階建てのマンションを建てる、建てないで、揉めてたんですが、ああ、これもそこまでいってるなあ、と思ったものです。なのに、旅館の顧客である東京の文化人たちが加担して、景観論争となったものですから、火に油ですよ、きくところによると完全にこじれてしまったようですね。

翌日、檜の風呂桶が長野から届いたときは、もう棺桶にしようかと思ったくらいです。それも親方自身が小型トラックを運転して、運んできてくれたのです。

妙に明るい五月日和だったのを覚えています。

くるんであった養生毛布を外すと、その埃まできらきらと輝きましてね、たちまち檜の香りが鼻腔をくすぐりました。心を癒す香りだそうですが、さすがにこのときは、癒されるどころか、落胆を誘いました。もちろん親方は、そんなこととは知りません。

「どうですか。いい檜でしょう。今回はちょっと事情があって、たまたまこんないい木が使えたんですよ。いやー、大事に使ってくださいね」

やさしく木肌をなでまわしながら、その使い方を説明してくれます。注文してからひと月以上、経ってましたからね。本来なら、待ってました、の檜風呂の登場です。私もちょっとさわってみました、赤ちゃんのお肌のようにやわらかくてすべすべです。しかし、使えないいんですからね、親方の説明もむなしいだけです、はい、はい、と相槌を打ちながらも、ああ、ウン十万円か、とそのことばかりが気になっておりました。

ウン十万円、キャッシュでお支払いしながら、思わず、

「あの、使わないままで、どのくらい保つもんなんですか？」

と、訊いてしまったくらいです。

「そりゃ檜ですから、一生、保ちますけど、そんなこといわないで、毎日、これに入って、温まってくださいよ。露天風呂にするんでしょ。そりゃ、リラックスできますよ。ユニットバスなんかとはわけが違いますからね」

ははは、と笑いながら、ああ、棺桶にちょうどいいなあ、死ぬまでとっておいて、土葬にしてもらおうかなあ。海外にお墓、造ればいいんだよね、などと考えておりました。

それにしても生まれてこのかた、こんなに長いGWというものもありませんでした。ただ、大家さんは工事の費用や、諸経費、すべてをもってくれました。しばらく経ってから、その人（大家さんの身内）からも、電話をいただきました。家を壊すことになったので、もしいるならば、庭石でも建具でも、どうぞ持っていってくださいという申し出でした。私にはそんな気力はもう残ってなかったのですが、夫はもらおう、という。しかしもちろん自宅にストックできる場所などありません。折しも、夫もメンバーであった建築設計事務所は、予定通り解散（独立）。それまで倉庫代わりにしていた、西陣の廃工場も使えなくなってしまいました。しかしここでも大家さん（元大家さんですが）が、西陣に持っている廃屋を提供してくれることになり、建具をはじめ、漆を塗った檜の床材や、欅の一枚板、そして例の風呂桶もそこに運び入れました。

夫よ、ごくろうさん。私は行きませんでした、どうせ力もないし。

こういうのは、友人にトラックを借りて、それこそ半日がかりの力仕事になりますから、損得勘定ではやってられません。古くて価値あるものを救う、というような、ま、志のようなものがないと、みじめな気分になってくる。だって、大方の人の判断では、古くてボロいもの、粗大ゴミのようなものをいただきにあがるわけですからね。

当然、夫は私も同行しろと、強要しましたよ。

「あなたが行かないと、これ、いる、いらんの判断ができないじゃないですか」

しかし、締め切りが溜まっているというういい訳のもと、

「夫の判断に任せますよ」

逃げきりました。

「このへたれが！」

夫、久々に怒ってましたね。が、夫は大人ですからね、怒りながらも、任務遂行、作業へと出かけていきました。めでたし、めでたし。

GW前から、この町家の改修にかかりっきりになってましたから、さっきもいったよ

り。気力が抜けてますから、とにかく何もやる気が起こせないんです。ただふて寝してばかうに、塵も積もればなんとやらで、仕事が溜まっています。けど、私の場合はすっかり

たまに気を取り直して、表に出かけたかと思えば、その足は呉服屋さんに向いている。この頃、きものを一枚、また一枚と誂《あつら》えていたのは、そのみじめな気分を補填するためだったのかもしれません。

しかも、もうすぐ町家に引っ越すといいふらしてたものですからね、

「もう引っ越したんですか。どうですか、町家暮らしは……」

「今度、京都に行くので、よかったら拝見させていただけませんか？」

と、仕事関係の知人たちから、本来ならありがたいFAXが入ってくる。そのたびに、実はしかじかこうこうで、ペンペンペンと講釈をぶたなければならない。ああ。

一方では、新しい町家探しに奔走しなければならない。うまくいくと思いますか？　とにかく前の物件がよすぎました。

「あれはやっぱり奇跡だったのかもしれないね」

探せば、探すほど、前の町家が輝いて見えるのです。

近所でしたからね、その前を通りがかってしまうことはあります。若葉の頃、その人からかかってきた電話では、いまにもすぐ壊しに入るような話でしたが、格子戸はしっかり閉ざされたまま、京都の夏暦だけがめくれていきます。祇園祭の巡行が行われる御《お》池《いけ》通から、一本北に入っただけのところですから、ぎらぎらと照りつける日差しを避けんと、その浅い軒下には、観光客たちの姿がありました。ああ、そこ、私の家だったんですよ、胸のなかで呟く私でした。

五山の送り火も終わり、地蔵盆も終わった。

そんな夏の終わりのことでした。

「ああ、麻生さん、知ってる？　あの家、のうなってる」

Aさんからの電話です。

「うん、昨日、壊してたらしい」

「あそこに家、建てるいうたんは、ただの口実やと思てたら、ほんまやったんやなあ」

「ああまで揉めたら、大家さん名義の家にはもう住めへんのと違う？」

「そうかあ。せやけど、あんな狭いとこに、どんな家、建てはんにゃろ」

「なあ……」

「……どないしたん?」

「ううん。せっかく百年という歳月、現役でがんばってきた家が、重機で一瞬にやられたと思うと、力、抜けるわ。井戸も、防空壕も、お竈さんも、塵になってしもた。Aさんにかて、ゴミ出しの日は、あそこまで手伝うてもろて、泥だらけになりながら、掃除したのに、ほんまに……。漆塗るのも、手伝ってもろたんやったなあ」

「……そんな過去のことみたいに。またがんばって、もっとええ町家、探したげる。漆でもベンガラでも、何でも手伝うたげる」

「うん、ありがとう」

更地になった「家」を見たのは、秋風が吹きはじめてからでした。三軒長屋の真んなかを抜き取るような形での、こぼちです。あらわになった両どなりの壁には青い養生シートが被せられていました。やがて焦げ茶色のトタン板が打ちつけられるのでしょう。京都のまちなかではよく見る光景です。傷口を応急手当しているようなものですね。

現在は、木造三階建ての、いかにも効率（建ぺい率や熱効率など）のよさそうな、ハウスメーカーの家が建っています。明るく広く、清潔な感じ、というのが、外からも見てとれます。けれどそこに隣接する家は暗くなったに違いありません。通気が悪くなったに違いありません。ただでさえ暗い町家です。おとなりさんたちも、こうなったらいずれうちも、と考えているかもしれません。

けど、面と向かって、誰がそれはあかんといえるでしょうか。

京都人は京都の景観のために生きているわけではない。きっと大阪人なら、法律で認められてるのに、自分の土地に好きな家建てて、どこが悪い、みんなやってるやんか、と噛みつくところでしょう。そういうことを考えるとき、ああ、まだ京都だからこそ、「いや、うちはこのままでよろし」と、町家は残っているのかもしれないとも思うんですね。

10　振り出しに戻ってしまいました

振り出しに戻ってしまいました。元大家さんは、

「あれがいま住んでるところ、三月までには空けるいうてまっさかい、そしたら、あそこに住んでもろたら、ええんやないかと思てますにゃけど」

と、いってくれたのでしたが、ここがね、価値観の相違でございまして、

「あそこはね、きれいに直さはってしまってるんで……」

「え？　あきませんか？」

一旦きれいにリフォームしてしまったら、もとには戻りません。むかしふうに再リフ

ォームし直すことはできますけど。話はそれますが、町家の再生、あるいは再利用ということで、梁や柱だけ残して、あとは全部モダンに改装して、レストランや店舗にする例が増えています。けど、これら全部を再生ということばで一括りにはできない。あれこれと好きで見てまわってますが、私から見ても、町家を生かせてる場合と、殺してしまっている場合と、いろいろあるんですよ。町家を肯定的にとらえている人（建築家、工務店、施主）と、ただコストやファッション（町家を再利用したレストランは流行《は》りらしいので）面だけでとらえている人との差でしょう。

元大家さんの身内の人の家には、一度、上がらせてもらったことがあります。本格的なリフォームが入っていて、一階の間取りは、町家の原形を止めてませんでした。

ああ、あの頃を思い出すと、気が滅入ってきます。

いえ、だめになったときも気は滅入りました。けど、まだ被害者の立場ですから、精神的には有利でいられたんです。迷惑はかけられたのであって、かけたのではない。ところが、町家を探すという行為は、抽象的なものいいですが、京都人や京都のお面を剝ぎ取る行為でもあります。相手を剝ぎ取れば、こちら側もむき出しになる。相手に迷惑がられているのは、田舎者（！）の私たちだって、ひしひしと感じますからね、気も滅入ろうというものです。

「ああ、あの家はやっぱり奇跡やったな。最初に、ええもん、見すぎた……」

あの頃、夫はよくこう呟いたものです。

「うん……。確かに空家はいっぱいあるけど、空家にするからには、みんなそれぞれの事情があるんだよね、他人にはいえない……。もう下京《しもぎょう》でも、上京《かみぎょう》（西陣も上京）でもいいよ。……いや、あなたがいうことはわかる、わかるけど、私は焦ってるの。世の中、妥協から、理想が生まれることもあるでしょ。あかん？　でも逃げ道はつくっておきたい。こうなったら、あの手、この手、不動産屋さんルートでも、使える手はなんでも使おうよ」

「そんなことぐらい、とっくにやってますよ」

「いってくれないと、わかんないよ」

「いちいちいってもしょうがないやろ」

話し合えばすぐに喧嘩腰になる。居場所がない、ということは精神上、著しく、よろしくないですね。特に夫は自分の事務所探しも重なっていましたからね。暑苦しい夏、狭い家で夫婦、別の仕事をするというのは、双方、居場所を失《な》くします。

早く町家探しをせねばと、私たちは焦るのですが、京都はこの季節、著しく停滞するんですね。どういうことかというと、七月、八月と、京都は祭事が続きます。かの祇園祭は七月を通して行われる(巡行は一日ですが)。夏の京都人には、ものを頼むな、これは京都に暮らして四年の、この私が身につけた処世術。頼んでも、心は上の空。神さんや仏さんにはかないませんし、文句もまたいえません。

六月の末だったと思いますが、

「七月は祇園祭がありますでしょ、あの家を貸すとなると、いろいろ考えんならんことが出てくるし、もう少し、待ってくださいね」

と、ある町家の家主さんからいわれましたからね。家主さんは私たちの神さまです。しょうがないですよ。七月はおとなしく待つことにしました。

というのも、その町家、表からや前のビルの五階の部分から見下ろす範囲では、夫も私もこれぞ、というような、非の打ちどころのない物件だったのです。それもそのはず、大正の頃、家主さんのおばさんかおばあさんの隠居所として建てたとかで、いい普請がしてあるんです。ある時期までは貸してたらしいんですが、

「貸すときはあげると思うて、貸さないとあきませんからね」

と、おっしゃる。これは家主さん、過去に相当、ひどい目にあったに違いありません。

ふと見ると、この町家の並びには、低層高級マンションが建っているのですが、そのマンションのエントランスの横には、奥行きのない小屋のような空家が踏ん張っている。

ああ、これかと察しがつきました。

「裁判しても負けますからね」

と、家主さん。訊けば、やはりその一帯は家主さんの地所。裁判で負けた結果が、エントランスの壁に吸いついた蛸のような空家。どうやら店子さん、マンションが完成したら、出ていったらしいのですね。

「私たちは、絶対にそんなことはしません。何なら公証人立ち会いのもとで、契約書を交わしてもかまいませんし、それに自宅は東京にありますので、京都はあくまでセカンドハウス的な意味合いです。むかしながらの町家暮らしを経験したいと思っているんです」

「ええ。八月はお盆がありますでしょ」

はあ、お盆、送り火ですか？　地蔵盆もありますよね。そこを何とか、

「お目にかかってお話だけでもさせていただけませんか？」

そう、これ、すべてインターフォンと電話でのやりとりなんでした。

「あの家、かなり傷んでますんでね、直すとなると一千万円くらいかかると思うんです。いえ、お貸しする人に、それをやってもらうのは、困るんです」

八月の末だったでしょうか、やっとなかに仲良しの骨董屋さんが入ってくれて、家主さんご夫婦と、お目にかかることはできましたが、やはりだめでした。

「わかりました。ただ、せめて、なかだけでも見せていただけませんか」

「借りられへんのに、なんでなか見るの？」

見たかったんです。元の母屋は明治村に移築されたほどの普請なんです。ということは、その町家もさぞかし意匠も凝っているのでは、と思ったのです。でもそうですよね、そんなのを見たら、よけいに執着心が増しますよね。

並行しながら、次の手くらいに、いいなあと思っていた物件がありました。お向かいの人に訊いても連絡先はわからず、町会長さんのところでは教えてもらえず、頓挫していたところに、その物件を「町家再生研究会」が預かっているという情報が入ってきました。「町家再生研究会」って何？　そんなのもあるの？　夫に訊いたところ、京都在住の建築家たち有志が、その名称の通り、町家の再生を研究している会で、ここも西陣の「町家倶楽部」のように、空いてる町家の家主さんと、借りたい人とのお仲人さんをしてくれるのだそうです。ただし建築家たちの集まりですから、ここを通した場合は、そのメンバーに改修をお願いしないとだめらしい。西陣の「町家倶楽部」のように素人が中途半端なＤＩＹをするのでは困る、ということなのでしょうが、うちの場合は、素人ではありません。再生研究会の方に、小声で打診してみたのでしたが、

「メンバーに入っていただくとかね……」

と微笑まれてしまいました。

どうでもいいことですが、そこの町家の家主さん、麻生さんとおっしゃったんです。京都ではめずらしい名前です。もしかすると江戸の頃、九州から出てきたのかもしれない、となると、先祖は同じか。平成の世にご縁あって……、などと淡い夢も見たのでしたが、ああ。

あの手、この手――、不動産屋さんにも、何軒か当たってもらっていました。

ところが、私たちが望むようなちょうどいい頃合いの物件というのは、ないんですね。もとより不動産屋さんに、こちらの要望が理解してもらえるとは思っていませんが、なかには「ちょっと、本気ですか？　ここに私たちに住めっていうんですか？」というよ

うな物件もありました。そういうね、物件に連れて行かれると、うらぶれた気分になります。

頼みますよ、京都の不動産屋さん。元町家の改造住宅や、戦後の木造住宅と、ボロいながらも明治や大正期の建築様式をきちんと残している町家が、「築年数不明」の木造住宅として一括りにされるのではあんまりです。

かと思えば、ちょっとした料理旅館に拮抗できるような町家もありました。これは京都の友人を通して、紹介してもらった、ま、いったら一見《いちげん》さん、お断りの物件だったのですが。中京の御池通より南です。町家といっても、京高塀に囲まれた、変形ヴァージョンではありましたが、ともかくお蔵つきです。店の間が茶室になっていて、茶庭も見事。夏座敷になってましたから、畳には網代《あじろ》が敷かれ、「おお、これは」と思ったんですけどね。家賃を不動産屋さん、自分からはなかなかいわないんです。逆に、

「いえ、お客さんのご予算のほうはいかほどですか?」

と、探りを入れてくる。夫が私をちらと見た。以心伝心。蔵を事務所にするから自分も出すぞ、という合図だな、よし、ときばりにきばって、

「三十万円くらいまでなら」

と、勝負に出た、つもりだったのですが、おじさん、鼻で笑いましたからね。

「そんなんでは貸せませんわ」

「じゃ、どのくらいなんですか？」

「最低でも四十五万円です」

それはそれは失礼いたしました。しかし、ひとこといわせてください。そもそも走り庭、すべてキッチンは撤去されてましたから、住むとなれば、それに見合うようなキッチンはこちらで造らないといけません。その費用はこちら持ち。おまけに保証金はウン百万円。お店は不可。期限つき（記憶だと五年）。

「じゃ、話になりませんね。わかりました」

踵を返して、さっさと通りに出てしまったら、また夫に怒られた。

「不動産屋に喧嘩、うってどうすんねん。そりゃあ、あなたの気持ちもわかるけど、あの不動産屋さんは、こういう町家に強いねん」

前にもいいましたが、こういう物件というのは、表に出ていないことが多いんです。一つの不動産屋さん（地元の老舗の不動産屋さん）が、家主さんからそっと預かっている。東京でも、芸能人なんかの住宅が理由《わけ》あり（離婚とか）で売却されるときは、水面下で動くことが多いでしょ、それと同じですね。これはという人にだけ、そっと話を持ちかける。この場合は、売却ではなく賃貸だったわけですが、この条件で借りるような酔狂な人がいるなら貸してみよか、といったところだったのでしょうね。

あの手、この手の奥の手としては、華道の家元のお嬢さんにも頼み込みました。気さくな人で、「友人に宅建も持っている人がいるので、頼んでみます」と、迅速に対応してくれたのですが……。いえ、そのお友だちは本業が忙しいにもかかわらず、本当、よくやってくれたんです。私たちの要望もすぐに理解してくれ、「これなら家主を知っているので、説得してみるが」といってくれた物件の一つは、御所の東の、それは品のある町家。私たちも一目見て、気に入りました。ああ、ここなら梨木《なしのき》神社もすぐそばだし、いつでもおいしいお水をいただきにあがれる、などと期待したのでしたが、ここまでのコネクションをもってしても、だめでした。

本当にそのお友だちには、一夏、ご迷惑をかけてしまいました。

それぞれに同時進行していたわけですが、さすがに八月も半ばになると、そろそろ、行く手に立ち塞がる壁が見えはじめていました。即答がないものはだめなんです。東京人として、いくら無粋に食い下がっていても、一年前の私とは違います。京都人の処世術くらい会得しています。だめなものは、だめなんですよね。

「もうやめるか？」と夫。

「いや、そういうわけには……」

妥協から理想が生まれることもある（これが、この頃の私の座右の銘）。

見かねて、仲良しの西陣の帯屋さんの社長が、

「うちの宿所にしてる町家、あそこにしばらくのあいだ、住んだらどうや」

と、いい出してくれました。この町家、宿所にするときに改修していますから、そのまま住めます。町家を探すまでの仮住まいにするなら、これほど最適なものはありません。町家暮らしの練習も兼ねられますからね。おまけに半露天の檜の樽風呂です。そう、この普請道楽（たぶん）の社長から、長野の樽職人さんは紹介してもらったのです。

「全部、持ってる手があかんかったら、渡文《わたぶん》の社長のご好意に甘えて、あそこに仮住まいさせてもらおか。どうしても年内に引っ越したいの、俗っぽいことというけど、私、町家で二〇〇〇年は迎えたいのよね」

「わかった、もう一回、最後に全部の手、確認しよか。あとな……、いや、またこれいうと圭子ちゃん、期待するからなあ」

「何なに？　もったいつけないで教えてよ」

「はっきりするまで内緒にしてたんやけど、だからまだ決定じゃないんだけどね、もしかすると貸してもらえる町家があるかもしれん」

「え、どんなどんな？」

「うーん。場所は北のほう。あ、そこまで北やない。……そうそう、そのへん。ただあなたが思てるような町家とは違うねん。格子戸とかない。郊外型や。御所の東の町家（前述の、華道の家元のお嬢さんの友人に説得してもらっていた家）に近い」

「うん、いいんじゃない。家主さん直？　それとも不動産屋さんルート？」

「不動産屋が入ってる。ただな、家主さんはそれを売りたいと思てはんねん」

「へ？　売却物件なの？」

「そや。ただし、本当に売ろうと思たら、家主さんの希望値では売れへん。そんなことするなら、しばらく僕らに貸しといて、景気がよくなってから売ったほうがいいやろ」

「うん、その間、家賃収入が入るわけだもんね」

「そのへんのところを、いま、不動産屋の人に説得してもろてるわけですよ」

「もう見たことあるの？」

「外からだけやけどな」

「連れてって、連れてって」

「いまからか？　そんなん急いでもしょうがないやろ。来週の日曜日に、内覧させてもらうことになってるから、それまで我慢しーな。とにかく他のも、まだ一応、継続してるわけやし、ここまできたらゆっくり考えよう」

11　結局、決めたのはこんな家

内覧の日はちょうどお盆にぶつかっていましたが、ワンピース姿の不動産屋さんと家主さんご夫妻が、その家で待っていてくれました。この物件も内々に不動産屋さんが預かっているものでした。なんでも、家主さんの奥さんと、その不動産屋さんがサークル仲間なのだとか。そんなわけで、不動産屋さんとしては、売却したほうが儲かるわけですが、損得を抜きにして、家主さんの説得にあたってくれたようでした。

それまで不動産屋さん通しで、いくつもの物件を見てまわりましたが、内覧のとき、家主さんが同席するというのは、はじめてのケースでした。こういう古民家の場合は、家主さんがどんな人であるか、あるいはその家の歴史なりが、借りるか借りないかの大きな要素にもなります。普請は同じでも、元は有名老舗の××屋さん、とか、明治の頃の文人が住んでいたとか、そんな要素があれば、当然ポイントは上がります。余談ですが、モルガンお雪の家だった、という物件を見ました。場所ですか、錦小路の近くでしたか……。ただ、前の人が料理屋さんとして、モダンに大改装してしまっていて、お雪さんの人柄を偲ばせるようなものは何ひとつ残っていませんでした。

そこまで有名な人の住居跡なら、不動産屋さんも把握していますが、市井の人たちの店であり、住まいである場合は、「さあ……」ということになります。家主さんのほうも、うちは代々、何々を営んでたんやけど、先代で店はたたんでしもて、……なんていうことは、不動産屋さんには話しませんよね。

「元々は何屋さんだったんですか？」

と、しつこく訊ねて、

「なんで、そんなことまで知りたいんですか？」

と、不審に思われたこともありました。

いえいえ、家主さんのプライヴァシィにはまったく興味はありません。町家の由緒が知りたいだけなんです。同じような町家であっても、何のお商売をしていたかによって、家相は変わってきます。そのへんのところを知りたいんです。知ったうえで、それを生かすような——、できたらそんな住まい方をしたいと思うのです。

家主さんが立ち会ってくれれば、それを直接、訊くことができます。

唐突なことをいいますが、マニアにとっては、古民家というのは、骨董と同じです。それがいいことか悪いことかは別として、お茶道具なんかは、誰それ翁の旧蔵であるとか、家元の箱書きがあるとか、そういうことで価値は上がってくるでしょう。お道具そのものよりも、道具が内包する物語や運命にお金を払うわけですよね。

それこそ何十という町家を見歩きましたからね、この頃の私は、すでに町家マニアの域に達していたかもしれません。

この家はきものでいうなら、結城紬《ゆうきつむぎ》のような、そんな品のよさを感じました。

家主さんもそうです。控え目で、刺々《とげとげ》しさがまったくない。訊けば、小児科のお医者さんであるとか。子どもを診ている様子が、容易に想像できました。

「こちらでお生まれになったんですか？」

「いえ、私の父が昭和二十三年だったと思いますが、古家を買ったんです。ええ、私が小学校の頃に、越してきたんです。その頃でだいぶ古家でしたね。ここは元々は、おとなりと棟割りになってて……、ええ、いまはおとなりも奥も、建て替えておられますけどね」

トイレやお風呂には手が入っていましたが（水洗やガス風呂になっていました）、あとはどこも改装されていません。流しも、人造石の研ぎ出しといわれるものです。十年ほど空家になっていましたから、かなり傷んではいましたが、応急処置（傷んだ外壁にトタン板が打ちつけられていたり、内壁がぼろぼろに落ちてしまっているところには、襖の裏ばりの紙が張りつけてあったりしました）のみで、窓もアルミサッシにはなっていませんでした。

「お風呂もね、ずっと木のお風呂だったんですけどね」

と、家主さんがいいます。壁（下半分と床はタイル）や天井は木のままですが、風呂桶が残念ながら、ステンレスになっていました。

わずかでしたが、ここも空家とはいえ、荷物が残っていました。家主さんのお父上は、墨絵が趣味だったのでしょうか。そういうお道具類が置かれてあります。

「いえ、親父は絵描きだったんです」

「あ、これは失礼いたしました。そうだったんですか」

「無名で終わりましたけど」

と、謙遜なさっていましたが、これは後日談になりますが、家主さんの伯父上の美人画を、寺町《てらまち》通の骨董屋さんで見かけました。画家を輩出した一族だったんですね。

「ああ、ここ、私が子どもの頃、鼠があんまりうるさいんで、棒で突いたんです」

見れば、天井板の一枚に割れ目が入っている。

「どうせ売るつもりですから、好きなように手を入れてもらっても、こちらとしてはかまわないんです」

という話でしたが、家主さんにとってはやはり愛着のある家でしょう。いかにもなつかしそうな顔で、天井板の傷を見上げている。ここで大きくなったわけですからね。

「私たちが子どもの頃は、このへんは畑ばっかりだったんですよ」

「このあたりはすぐきの産地だったんでしょう。こんなに賑やかになったのは最近というか、地下鉄が通ってからだとききましたが」

「そうですね」

そんな話もしたのでしたが、そこが私たちの唯一の悩みどころになっていました。ここは京都盆地のなかではありますが、京都の市街地ではありません。いわゆる郊外です、東京でいうなら、世田谷の深沢とか、玉川田園調布といったところでしょうか。閑静な住宅地ですが、京都らしさ、情緒といったものはありません。モダンなのです。

確かに、もう中京にはこだわらないところまできていましたが、それでも、せめて秀吉が整備した御土居《おどい》の内側には止まっていたいと思っておりました。

建物的には、通り庭は存在していますから、広義のうえでは郊外型の町家ということになります。けれど、通りに直接、建物が面しているわけではありません。格子戸の門がついていて、そこから門口（門とは通りのことですから、正確には門口ではありませんが）まで、石が敷かれた露地が続きます。生け垣のそばには、枝ぶりのいい松、樅《もみ》。門口の手前には、茶室と、時代劇にでも出てきそうな二畳の玄関の間。茶室の前には庭が（茶庭の体裁はとっていませんが）。

門口を開けますと、通り庭に沿って、四畳半のダイドコ（板の間）と、六畳の座敷（奥）。ダイドコは玄関の間に続いていますから、まあ、一列三室の変形とはいえましょう。二階は六畳の次の間、座敷といった間取りです。

一階の奥には、坪庭のような大きさの座敷庭があります。剪定をしていませんから、株が増え放題、まるで南天とアオキの住処《すみか》のようになっていますが、枝葉のすきまからは、立派な灯籠が見えます。春日灯籠《かすがどうろう》というものでしょう。鞍馬石《くらまいし》の沓脱ぎ石からは、灯籠まで飛び石が配置されていますし、虎模様の大きな石（虎斑石《とらふ》）も置かれてある。当時はきちんと職人さんが入って造られた庭であったのでしょう。

一見、粗末なように見えますが、よく見ていくと、茶室があったり、立派な床の間があったりと、凝った普請がしてあるのです。

いったいどんな人が、どういう目的で建てた家なのでしょう。

家に帰ってから、あれこれと思いをめぐらせます。

「あの家、隠居所として建てられたんじゃないかなあ」

「そうかもしれんなあ」

「さっき本で調べたんやけど、隠居所の場合はベンガラ、塗らないことが多いんだって。あの家、あれは塗料の色じゃないでしょ。どう？　建てられたのは、昭和初期やと私は思うんやけど、その頃すでにご隠居さんやったら、まあ、戦前に亡くなった可能性は高い。隠居所いうんは、そこに住んでる人が亡くなったら、空家になるでしょう。で、戦後になってから、売った。それを買ったのが家主さんのお父さん。絵描きさんのアトリエにはぴったりやもん。どう思う？」

「よう、好き勝手に推理できるなあ」

「でも、当たらずとも遠からずじゃない？」

「で、私ももの書きやから、ぴったりて、思てるんやろ」

「ふふっ。いや、そういうわけやないけど」

「まあ、家はええとは思う。せやけど、場所がなあ。あそこやったら、東京の家がある世田谷と何も変わらへんやろう。せっかく京都のことを書きはじめたのに、あそこで生活して、何が得られる。日本の文化というものがみじんも感じられん」

「うん。でも、あの一帯は下鴨《しもがも》神社の氏子さんになるらしいよ」

「あとから割り振っただけやろ」

結局、ここに決めたのですが、契約書を交わしたのは、九月も終わりになってからでした。ほかの物件は九月のあたまにはすべて結論が出ていましたから、それからの約ひと月は、迷っていたんですね（ま、夫の事務所のほうが、九月になって早々、中京でいいところが見つかって、その引っ越しと大掃除で忙しかったというのもあるのですが）。

決め手になったのは、店の間に代わる茶室と客人用の玄関の間でした。

わずか敷地三十坪の小さな家です。なのに客人を迎えるためだけの、ハレの日の玄関（三和土《たたき》の部分はありません。軒先の沓脱ぎ石からいきなり上がる）が用意されているのです。ここがふだん使いの玄関でないことは、外から鍵がかけられないことでわかります。本来なら、店をやっているわけではないのですから、表（パブリック・スペース）と奥（プライヴェート・スペース）を分ける必要はありません。隠居所ならなおさらでしょう。つまりわざわざ京の町家の精神を取り入れたということです。

そこに日本の、むかしの人の美学を感じたのです。

むかしの家というのは、小さな家でも、客間（座敷や応接間）というものが存在してました。客人を自分たちの居間や台所に通すのは失礼だという意識があったんですよね。ところが昭和三十年代に登場したＤＫ（ＬＤＫ）の間取りには、そういうハレとケの区別がありません。食堂や居間をこぎれいにすることで、客間を兼ねるようになったんですね。けど、それによってますますうさぎ小屋化していった気がします。もともとの家が狭いのに、欧米のような大型ソファや、大型冷蔵庫や大型テレビをどんどん購入して、ＬＤＫは占領されていった。それだけじゃなく、小物もゴチャゴチャ。ものが散乱する。

日本人っていうのは、欧米人のような見せる収納センスというものは、ありませんからね。

よくいわれることですけど、日本の文化っていうのは、間合い、すきまがあってこそ、はじめて成り立つんですね。坪庭が美しいのは、すきまのバランスでしょう。書にしても、いかに余白が美しいか、とかね。たった一輪の花を引き立てるために、庭の花を全部、刈り取ってしまった茶人は、誰でしたか……、とにかくそういう引き算を、本来の日本人というのは得意としていたわけです。

本来の客間、座敷というのは、欧米式のもてなしの部屋とはまったく趣が異なります。向こうの人ってのは、とにかく壁が見えなくなるくらいに、家具を置いたり、絵や写真、お皿を飾りますよね。けど、日本の座敷は壁を見せる。生活のための家具は置きません。あるのはお香と、床の間に掛け軸と、花と——。そこに壺だのお皿だの、ごちゃごちゃ飾ってしまうのは、京都人にいわせると「田舎もんのすること」、私が思うに、和洋折衷。いえ欧米人のようにセンスがよければいいんですけどね……。

話がそれましたが、その頃の私は、マンションでの和洋折衷暮らしに嫌気がさしていました。中途半端な壁紙や合板の建具、床がほとほと嫌になっていたのです。

中秋の名月も過ぎ、あっというまに欠けはじめた月を見て、ちょっと焦ったのかもしれません。ぐずぐずしてると一九九九年も過ぎてしまう。

「私、あそこに決めようと思うんだけど」

夫にいいました。

「あなたが決めたらええんちゃう？　僕は事務所があるし」

「それはないいんじゃやない？」

夫が事務所として借りた家は、昭和二年に建てられた中京の、洋館。元産婦人科の医院なんですが、天井は折《お》り上《あ》げ格天井《ごうてんじょう》、重厚な木の階段には赤い絨毯が敷かれている、という豪華版なんです。そしたら、夫、自宅のほうはどうでもよくなったみたいで、私が何を話しても上の空なんです。床にはワックスかけて、ドアノブやカーテンレールは金属磨きで磨いてと、一週間かけて掃除をしたのは、この私なのに（夫もしましたけどね。あたりまえです）。

「だけど、私が借りるといっても、私たちの自宅なんだから」

「だから、僕の意見は前からいってるはずです。あそこも場所があかん。だけど、あなたがいいというなら、そこから先は僕は知りません」

「げっ。改修はやってくれるんでしょ」

「やってほしいか？」

「あれ、私はあなたの事務所の掃除、一週間がかりで手伝ったけど？」

「はいはい、わかった。やったるがな」

「じゃ、あの町家に決める。決定。いいよね、ね」

しかし、一難去ってまた一難か。というのも、夫の場合、一度やる気をなくすと……。

12 改修工事、壁からはじまる

十月一日から、借りた町家ですが、この頃、夫の仕事がどうにも忙しく、改修工事はなかなかはじまる気配を見せませんでした。しかしマンションは十月末日に明け渡すことになっていますから、なんとしても今月中に工事を終わらせなければなりません。私としては気が気じゃないわけですが、あまり夫にいうと、

「ほかの人に頼んだら?」

と、いわれるおそれがありますから、いらいらしながらも、黙っているしかない。

「麻生さん、そんなのんびりしてて、工事、間に合わへんのと違う?」

「うん。そうなんだけどね」

まあ、今回の家は傷んだところを直す程度の工事に止めるつもりでしたから、それほど日数はかからないだろうと思っていました。ところがこれが甘かったんですね。

「森田クンがやってもいいていうてくれたから、壁は浅原さんところでやってもらう」

と、夫がいい出したのです。森田クンというのは夫の後輩で、京大の大学院の建築学科を出てから、左官屋さんの親方のところに弟子入りした変わり種なんですが、

「森田クンとこの親方って、国宝とか重文クラスの壁を塗ってる人でしょ」

「そうや。明後日、親方が見に来てくれはるから、あなたも立ち会うように」

というではありませんか。これはえらいことになってしまいました。

そんな本式の左官工事に入ってもらったのでは、引っ越しまでに絶対、間に合いません。だって、土壁というのは俄《にわか》仕込みではできないはずです。乾かすのに一カ月も置く、というような話もきいたことがあります。そう夫に問い質してみたのですが、

「だいじょうぶ。上塗だけ、塗り替えてもらうだけだから、一カ月もかからへん」

という。だったら、こんな機会、滅多にないですからね。前々から、京左官の職人さんたちの仕事ぶりを、じっと観察してみたいと思っていたのです。

今回の家は、前とは違って、天井は美しいままですし、柱も傷んでいるようなところは見当たりませんでした。ところが壁は、外壁は九割がたトタンが張られ、内壁も半分はあやしい雰囲気です。おそらく壁は七十年前から一度も、塗り替えられていない。いえ、大事に使えば、土壁は人間より長生きするんです。ただ、土壁は水には弱いんですね。外壁は軒が出ていても、横殴りの雨のときは、どうしても濡れてしまいますし、内壁は雨漏りで、内側に水がまわってしまうと、そのあと乾いても、強度は一気に弱まってしまいます。

どうやら、この家、長年のうちに、雨漏りしていたようなんです。トタン板や、紙の下から出てきた壁は、予想をはるかに上回る状況でした。全部ではありませんでしたが、外壁など、小舞下地《こまいしたじ》（竹で編んだ壁の骨組み）が見えていました。人間にたとえるなら、肉の部分が朽ち落ちて、骨が見えているような状態ですね。皮が剝がれて膿が出ている程度なら、表面をこそげ落として、上塗だけをすればいいんですが、ここまでくると、骨組みからやり直さなければならない。

下地、荒壁、中塗という工程が入ってくるとなると、

「だいじょうぶ、ちゃうなあ……」と夫。

「ほら、ほら、ほら、ほら。あー、もう……」

親方に診てもらいましたが、二階と一階の座敷の壁以外は、おしなべて内側からガタがきているようでした。私たちには悪くなさそうにみえた火袋の壁も、

「内側、水がまわってるね。このあたり、膨らんでるでしょ」

そういわれれば、そうです。しかしここは吹き抜けになってますから、天井高たるや、二階半くらいはあるんです。そこを全部、塗り直すとなると、費用のほうが……。五年間という期限付きですからね。それに表面がまだらに剝げて、いい雰囲気なんです、この枯れた感じが私は好きなのです。新建材の塗壁は塗り立てがいちばんきれいですが、本物の土壁は塗った直後より、五年とか十年とか経ったほうが貫禄がついてきます。ちょうどなじんできた頃に、去るのではね。前の町家みたいに家賃がただ同然だったら「置き土産」と、太っ腹にもなるのですが、今回はやや割高なんですよ。というのも売却物件を無理に貸していただきましたからね。

親方が帰ったあとに、夫が妥協案を出してくれました。

「中塗で止めてもらおうか」

「上塗をしないということ？」

「通り庭とか、階段とか、土間とかはそれでええやろ」

「もちろん」

中塗はスサが見えますし、表面もざらついていますが、やきものでも釉薬をつかわない焼き締めのものを好む人がいるように、素朴な味わいがあります。

「外壁と内壁も玄関の間と茶室だけはちゃんと上塗までしてもらおう。全体予算は×百万円やろ、そのなかで納まるようにしたら文句ないな」

はい、文句ありません。やっと夫、やる気を出してくれたようです。

それにしても、親方との初顔合わせの日は緊張しました。京都の職人さんというと、頑固でね、職人気質というか、ぴりぴりしたイメージがありますでしょう。数寄屋大工の棟梁では京都一だった中村外二さんなんかは、怖かったらしいですからね。

ところが浅原の親方はおだやかな人でした。世代の差なんでしょうか。それにことばづかいも、予想していたような京の職人ことばではありませんでした。

「ああ、ことばね、僕は京都の人間じゃないんです」

三重県の志摩から、京左官の道を歩むために、京に出てきたんだそうです。

「ええ家やね、小さい家やけど、品がある。惜しいなあ、もう少し前にちゃんと手を入れてもろてたら、こんなに傷まなかったのにね。惜しいなあ」
とか、しきりに残念がってくれるんです。それが何やらうれしくてね。だって、親方は国宝とか、重文クラスの仕事をしている人です。対して、うちは昭和初期の、名もなき、質素な民家。おまけにどのくらい傷んでいるかを見に来たのですから、いうならば粗探しです。なのに、建物を見る目がやさしいんです。もちろん親方が直接、塗ってくれるわけではないのでしょうが（ところがそんなことはなかったのですが）、こういう親方のもとで修業を積んでる人たちなら、建物も冥利に尽きるというものです。

この親方にやってもらえるなら、費用は覚悟しよう。

そう思いながらも、やはりいってしまいました。

「でも、全部、塗り替えるだけの予算が、すみません、ないんです」

親方は笑いながら、

「このへんは森田クンにボランティアで塗らせよか」

「はい。でも、あの……、森田クンの腕のほうは？」

「呑み込みは早いね。彼は学生の頃、バスケットをやってたから、手首にスナップが効くんやね。コテで塗る作業というのは、この動きやから」

それを傍できいていた夫、手首を動かしながら、ぽつり、

「そしたら僕もバレーボールやってたから、素質あるかもしれん……」

親方、それをきき逃さず、

「塗るんやったら、道具とか、みんな貸してあげますよ。神戸の震災で家がだめになってね、自分で壁、修復してる夫婦がいるんです。旦那さんが小舞下地を組んで、奥さんが塗ってる。土日を使って、少しずつ修復してるんやけど、もう五年も経つでしょ、上達して、うまいもんですよ。コテを使わんと、手で塗る方法もあるしね」

「だったら、私も塗りたい。運動はダメだけど、絵は得意だもん」

「えー、無理やろ」と夫。

「だいじょうぶですよ、裏庭の壁は自分らで塗ったらどうですか？」

「はいっ」


その後、何日か東京に行っておりまして、帰ってくると、早いですね、こそげはもう終わっておりました。下地まで水がまわっていた箇所は、小舞も取り払ってましたから、壁そのものがない。柱や長押《なげし》が剝き出しになっているわけです。この柱がね、お茶室と

いうこともあり、華奢なんです（畳も薄いものが敷いてありました）。割り箸でつくった家の模型といった感じ。こんなもので支えてるの？　壁の厚みは広辞苑以下です。皮下脂肪をため込んでいる人なら、うちの壁より、お腹の壁のほうが厚いかもしれない。鉄筋や鉄骨造の家を見慣れたものには、少々、不安に感じられる光景です。

「でも、阪神淡路大震災のとき、倒れなかったんだからなあ」

京都だって、震度5だったんですからね。

「土壁はみんなが思っているよりも、ずっと丈夫なもんなんです」

そうなんですね。

木の家は弱い、石やコンクリートの家は強い、というのはあまりにもステレオタイプな考え方です。コンクリート造にしろ、木造にしろ、心ある仕事がしてあるか、否かでしょう。手抜きのコンクリート造や、手入れを怠っていた木造——具体的な話になりますが、梁や柱をぎりぎりまで抜いて、店舗に改装していた住宅は、やはり倒壊する率が高かったとききます。

あるいは天然ものは弱い、化学ものは強い、という考え方も、化学ものは確かに即効性はありますが、持久力があるとはいい切れない。新建材の土壁（新聚楽とか）は、ボンドで固めますから、乾きも早いし、丈夫そうに見えますが、ボンドの寿命がきたら、ボロボロと落ちはじめます。ところが本式の聚楽壁は水捏《みずこ》ねで、糊を使いませんから、杉本家の壁のように、百三十年経っても落ちてくることがないんです。

それに親方もいってましたが、いまどきの壁は汚れるのが早い。いや、汚れが目立つんですね。ところが、土壁は、さっきもいいましたが、何年かしたほうが、かえっていい色になってくる。埃とか塵、風、そういった自然のものが、味としてのスパイスになるんです。内壁にしても、そうですよ、たとえば壁紙に煙草のヤニがついたとしましょう、味になります？　汚いだけでしょう。でも土壁なら、うまくなじんでしまう。むかしは蠟燭を使ってましたから、その煤でいい色になったといいます。それに壁紙（クロス張り）に使われる合成糊が、いまアレルゲンになるとか、ならないとかで、問題になったりしていますよね。

むかしながらの土壁なら、糊も天然ですから、安全です。布海苔《ふのり》とか角叉《つのまた》、ぎんなん草などという、海草を煮て、糊にしたものを使うんですね。海草ですから、火事になっても（本式の京壁はその糊も使わない、水だけで捏ねます）、有毒ガスは発生しないでしょう。地球にやさしいことが好きな人たちには、ぴったりです。あんまりそういうことには関心のない私ですが、でも、ときどき思います。東京で大地震が起きて、大火災になったら、ダイオキシンとか、有毒ガスだらけになるんじゃないでしょうか。だってビルにしろ、住宅にしろ、化学もの、新建材だらけでしょう。

このへんで、土壁の種類についてお話しますね。大きくは、漆喰に大津《おおつ》壁に、砂壁に京壁（聚楽壁、大阪《おおさか》壁）の四つに分けられるのではないかと思います。

漆喰というのはご存じのように石灰です。大津は土に石灰を混ぜます。この二つは石灰（セメントの原料ですからね）の壁ですから、表面が固いんです。これをコテで磨き上げた壁など、陶磁器か硝子のような肌合いです。黒の漆喰の磨き壁なんか、本当に顔が映りますからね。砂壁はご存じですよね、これはつなぎに糊を入れます。私が子どもの頃、数年間、住んでいた家は、この砂壁でした。全体の色は緑色で、そのなかに金砂や銀砂《ぎんしゃ》が混じっていたように記憶があります。

うちの壁は、外壁は大津壁の蛍壁、通り庭は大津壁、押し入れのなかは漆喰、内壁は大阪壁で仕上げられていました。外壁の蛍壁というのは、蛍火のような点文様が出たものをいうんですが、これ、土に鉄粉を混ぜるんですね、すると鉄分が錆びて、壁の表面に点文様を描き出すという寸法です。ただ、これもコテの押さえ加減一つで、ゲンジボタルにもヘイケボタルにもなる。ゲンジボタルに比べてヘイケボタルは小さくて見劣りがするのはご存じですよね。ただヘイケボタルでも、歳月が経てば、壁の蛍は寿命が長いですから、ふうわりと錆が開いて、美しいゲンジボタルに変化します。私、蛍フリークなものですから、町家探しをしているころから、これが気になっていたんですね。ですから夫が、

「この家、もともとは蛍壁やなあ。二階の上のほう見てみ」

といったときは、うれしかった。もともとの壁と同じように塗り直してもらうことになっていましたから。うちの大津は浅葱《あさぎ》色ですから、錆色が映えそうでしょう。

中京あたりの立派な町家は聚楽壁が多いですね。俵屋さんもそうです。サンドベージュか、マロングラッセか、というような上品ではなやかな色合いです。いまは京壁というと、だいたいはこの聚楽壁をさすようですが、むかしはむしろ、大阪壁のほうが多かった。ところがある時期に、聚楽がいいということになって、一気に逆転してしまったらしい。

聚楽廻り（二条城の近く）から採れるので、聚楽土、聚楽壁という名がついたわけで

すが、いまはこの一帯、商業地区になってますから、なかなかもう採取できません。ですから、最近の聚楽壁は大きな声じゃいえないが、よその土で代用しているらしい。あるいは新聚楽という名の、合成ものの壁ですね。それに対して、本物は本聚楽。

ただ、聚楽土、まったく採れないわけではないんです。町家をビルに建て替えるとか、地下を掘りますからね。そういう情報が入ると、親方は何はさておき、馳せ参じて、土を貰うんだそうです。もちろんそのままで使えるわけではありません。乾燥させて、何度も篩《ふるい》にかけて、さらさらとした粉にするんですね。

一方、大阪土はもともとは大阪の天王寺あたりで採っていたといいます。京都では伏見のあたりで採れていたそうですが、いまは聚楽土よりも貴重だといいます。

うちの内壁はその大阪壁（京都では京地錆ともいう）です。

「赤くて、これはこれであったかみがあっていい色でしょ」と親方。「元と同じに塗るなら、二十年ほど前に、××寺の茶室を塗ったときに余った土が、うちの倉庫に寝かしてあるんで、それを使いましょう」

××寺（あえて名は伏せますが）といったら、修学旅行で訪れるような名刹《めいさつ》です。あんなお寺の茶室と、うちの茶室が壁つながりするということですか。余談ですが親方、京都御所の紫宸殿《ししんでん》の壁の塗り替えも手がけたんです（親方として独立する前の話ではありますが）。そうそう、なんで左官というか知ってますか？　これは本で読んだ話なんですが、むかしは大工に対して、壁を塗る職人は、泥工《でいく》といったらしい。ところが御所に入るさいに無官では入れない、それで左官となった、というんです。それを夫にいったら、

「そしたら大工は？　右官だったわけ？」

われ思うに、大工さんは御殿をつくる人たちですから、御所に出入りするのは、基本的には、殿上人《てんじょうびと》たちがお住まいになる前でしょう。ところが壁は塗り替えをします。御殿ですから、ちょっとでも傷がついたら、塗り替えたんじゃないでしょうか。つまり殿上人がお住まいになっている築地塀《ついじべい》のなかに、泥工は出入りするので、官をつけたと……。

じゃあ、庭師は？　と訊ねられると、さあ、師がつくからいいんじゃない？　と、とたんに眉唾ものになって、しどろもどろになってしまうのですが。

話がそれましたね。聚楽壁、大阪壁の話をしていたのでした。

やはりそうですよね、値段のこと、知りたいですよね。これ、あとから知ったことな

んですが、浅原さんのところに頼んだ場合、聚楽壁や大阪壁の工費（荒壁から中塗、上塗の工程）の平米単価は、三・五万円から四万円なんだそうです（上塗の塗り替えだけなら、平米一・五万円くらい）。さすが百年は優に保つだけあって、高価でしょう。

しかしうちは五年後は家主さんが取り壊すかもしれません。なので、大阪壁は糊捏ねにしてもらいました。もともとの七十年前のオリジナルの壁も、親方の話では糊捏ねだという。水捏ねに比べると、寿命が短くなるのですが、見た目には、素人目にはまったくその差はわかりませんが、光線の当て具合でわかるらしいんですよ。京壁の水捏ねは、「粘りが強く、水引き加減がむずかしいので、よほどの手練を必要とする」んだとか。そのへんの職人さんじゃできないんですね。

ちなみに大津壁は荒壁からで平米一・五万円くらい。新建材の壁塗料で仕上げるなら、平米七千円から、かかっても一万円くらいだそうですから、予算にかぎりがある場合は、やはり新建材のほうを選んでしまいますよね。そもそも、最近の日本の家は、一代使い捨てですから、三十年保てば御の字でしょう。けど、考えてみるともったいない話ですよね。新聚楽のようなボンドを使った土は、こそげ落としたらもう捨てるしかない。しかし、糊や水捏ねの場合は、こそげた土はまた捏ねなおして、利用できる。実際、むかしはそうしてたんです。リサイクルなんてことはあたりまえだったんですよ。

家の品格は壁で決まるように思います。マンションの外観でも、質素でこぢんまりとしてるのに、品のいいマンションというのは、壁タイルが上質でしょう。壁の美しさというのは、女性でいうと素肌の美しさと同じだと思うんですね。肌が美しいと、やはりより美しく、品よく見えますよ。

町家に住む人たちは壁を大切にしています。CS放送の仕事で、ある町家にお邪魔したんですが、そのときカメラマンがジーンズのお尻のポケットに台本を突っ込んでいたんですね。撮影中、前かがみになった姿勢で立ち上がったとたん、台本が壁をこすった。カメラはまわってたんですが、そこの方が、

「すみません、壁に傷、つけんといてください」

ぴしゃりといった。その頃の私はまだ壁のことまでわかっていませんから、ああ、きつい方やな、と思ったんですが、とんでもない話でしたね。塗り替えたばっかりだったんです。スタッフも畳には気をつかって、毛布を敷いて養生してたんですが、壁までは気がまわらなかった。一回、傷が入ったら、塗り替えるまで、そのままです。クルマの板金みたいに、そこだけ打ち出すというわけにはいきません。こちらの勉強不足、配慮

不足で、本当に申し訳ないことをしてしまいました。

こんなこともありました。まだ私が東京に住んでいた頃の話です。当時、祇園で遊ぶときは、近江作《おうみさく》さんにお世話になってたんですが、あるとき友人のグラフィックデザイナーが酔っぱらって、床柱でみーんみんみんと蟬の真似をした。塗り替えたばかりの聚楽壁に足形をつけてしまったんです。床の間の、たとえば壺を割ったら、私たちも真っ青になって弁償します、ということになったでしょうが、まさか壁がそんなにお宝だなんて識りませんからね、あーあ、あーあ、の合唱ですませちゃったんです。いま考えると、おかあさん、怒り心頭に発していただろうと思うんです。東京人の評判がまた落ちたに違いありません。

それはそうと、うちの工期は間に合ったのでしょうか。

引っ越しまであと二週間です。

13 床も壁もない家に引っ越しか⁉

間に合うわけないですよね。

私たちが町家に通いはじめたのは、十月も下旬になってからでした。町家できものを着て、……なんて夢見てた頃がなつかしい。京都だろうが、町家だろうが、家を修復するということは、肉体労働なんですね。倉庫(前の大家さんからご好意で借りた)から、夫とふたりだけで二十数枚の建具や、例の漆を塗った檜の板二百枚を、運び入れたんですが、いや、疲れた。障子や板戸は軽いのですが、硝子戸となると、重いんです。途中から、腕に力が入らなくなり、どすんと落とすこと二度、三度。

前にも書きましたが、お蔵があるような大きな町家では、祇園祭が近くなると、建具替えをします。見た目には涼しげで、風雅なこの夏座敷も、裏側には、かくも過酷な重労働が控えていたんですね。これ、女の仕事なのですよ。

「お箸より重たいものを持ったことのなかった私が、こんな重たいものを持つことになろうとは……」

「寝言は寝てからにし。口を動かさず、手を動かす」

翌日の夜からは、半年ぶりの拭き漆がはじまりました。前回、四回目を塗ったところで、例の凶報が入ってきましたから、あと二回、塗り重ねる工程が残っていました。もちろん回数が増えれば増えるほど、艶も、強度も増すわけですが、なにぶん日程が。

しかし、夫はこういう細部にはやたらとこだわる質《たち》なんです。

「六回塗る、絶対に六回やないとあかん」

前回は夫の後輩クンが手伝ってくれましたが、今回は私たちだけです。

でも、この家のどこで塗るというんでしょうか。前回は何百坪という元機織り工場でしたからね、乾かすスペースも十二分にとれました。しかしこの家ときたら、そもそも一階はまだ床がありません。一部、壁なし、一部、地面剝きだし。歩くと土埃がたつというので、夫が水を撒いたのですが、撒きすぎた。思いのほか、水捌けが悪く、室内に泥濘《ぬかるみ》ができているような惨状です。ああ、豚小屋でも泥濘はありますまい。

ここにあと一週間で住みはじめるのかと思うと、絶望的な気分になってきます。

しかし、絶望している暇はない。ともかく漆を塗らねば、引っ越しができません。比較的、まだきれいな二階のふた間をその作業場にあてることにしたのですが、二百枚の板を少しずつ少しずつ、狭い階段から持ち上げていく。階段の壁は中塗仕上げ（上塗を施さない）が終わっています。これ、傷つけたらえらいことです。

「もう段取りが悪いんだから」

夫、無言。夫、甚だ機嫌悪し。しかしおたがい手だけは動いている。見上げたアマチュア職人根性です。しかもなかなかのハイペース。よしよし、この調子だ、と内心ほくそ笑んでいたんですが、日頃の行いが悪いんでしょうね。

漆の作業に入ったとたん、気温がぐっと下がってしまった。温度や湿度が低いと、漆が乾かないのは、前のときにご説明しましたよね。一日で乾く予定だった漆が、翌日になっても乾かない。乾かないと、板を重ねられませんから、次の作業をするスペースがつくれません。狭いんですから。このままでは二階も完成しない。

いいえ、工事が終了してからの引っ越しはもうあきらめていました。その頃の最大にして、絶対の目標は、引っ越しの当日までに、二階だけは完成させよう！　ああ、なんとささやかな目標でしょうか。二階の座敷は壁も床も手を入れません。次の間の壁は塗り直し（中塗仕上げ）が完了していましたから、とにかく床、床なんです。ここが寝室になる予定なんです。ここを仕上げないと、ベッドが入らない。

「ファンヒーター、入れようよ。そしたらちょっとは乾きが違ってくるでしょ」

私はマンションから小型の電気ファンヒーターを持ってきました。

ところが、私のこの行為が凶と出てしまったのです。ファンヒーターを入れたとたん、電気がとんだ。ふつう、たったこれだけでブレーカーが落ちますか。ほかはふた間の明かりだけですよ。夫が階下に下りてブレーカーの点検をしたのですが、やはり、

「ブレーカー、落ちてないよ。一階、電気つくもん」

では、配線のどこかがショートしたということですか。

うーん、この家ならあり得ることかもしれないと思いました。電気配線にむかしながらの碍子《がいし》（陶器製の筒型の絶縁体）が使われていました。つまり大方の配線は七十年前から変わっていないんですよ。その頃の電気製品といったら、こういう庶民の家では、

電球とラジオくらいのものでしょう。いくらもアンペア数はいりません。さすがに一階のダイドコの間だけはコンセントが付けられていましたが、あとの部屋にはコンセントもない。

電球以外の電気製品を使うときは、二股ソケットから引くんです。

はい、ファンヒーターも、二股ソケットにプラグを差し込んでいました。

やはり無理がありましたかね。翌日、わかったのですが、ブレーカーではなく、二階のヒューズがとんでいたのです。全体のアンペア数はさすがにある時期に変更したようですが、二階のヒューズだけはそのまま生きていたんですね。

電気工事が入るまで、覚えているだけで四回、とびました。

夫からは学習能力がなさすぎる、と叱られましたが、私だって、電気製品を使うときは、微妙な計算をしてたんですよ。ファンヒーターはあきらめましたしね。ただ、掃除機はどうしても必要だったんです。漆に埃は大敵です。

結果、五回目の拭き漆が、四日もかかってしまい、さしもの夫も、

「しゃーないな。六回塗りはあきらめよか」

と、予定を変更してくれました。

「じゃ、明日、張ってくれるの?」

「明日は夜も仕事が入ってるからあかん。わかってる。引っ越しまでには張るから」

床板を夫が自分で張ることになっていました。それ専用の釘打ち機とか、電動ノコギリといったプロ用のものを、夫は持っているのでした。西陣の友人のアーティストたちの町家の直しを、手伝ってあげるときに購入していたものらしい。

ところで、左官工事のほうはどうなっているのでしょう。

「ねえ、森田クンたちは何で来てくれないの?」

「まだなかが乾いてへんから」

素人目には乾いているように見えるのですが、親方が見に来て、まだだね、といって帰ったらしい。

「だから、明日から、拭き掃除に入って」

「Aさんが手伝いに来てくれることになってる」

しかしこの掃除がまた、想像を絶するものでした。掃除好きの私を以てしても、途方に暮れるような汚れ方でした。まず走りと呼ばれる流しですが、コンロ台の周囲にこびりついた油汚れは何ミリもの硬い層となってましたからね。「どんな頑固な油汚れでも、これ一本でOK」がうたい文句の台所洗剤でも、取れませんでした。ステンレスなら取れるのかもしれませんが、相手は石（石の研ぎ出し）です。吸収してしまうんですね。洗剤をかけたあと、金属製のヘラのようなものでこそげ落としていく。シンクの部分や、コンロ台の白タイルには、漂白剤をしみこませた雑巾を放置しました。しかしこれほどまでしてもタイルの割れ目からしみ込んでしまった油汚れは、落ちませんでした（よって、夫に漆を塗った板を張ってもらいました）。

この頃の私はまだそういう化学ものの洗剤を使っていました。

走り庭の戸棚の丸桟戸は、外して裏庭に運び、几帳面なAさんが、束子でごしごしと洗ってくれ、いや、洗ってしまいました。しまいました、と書いたわけは、後述します。

私は二階の奥の廊下の硝子戸から、拭きはじめましたが、ここは拭きはじめるまでがたいへんでした。すきま風を防ぐために、ガムテープがびっしりと貼られていたのです。一センチや二センチは平気で空いてますからね、冬場のすきま風はご老人にはこたえます。それはわかるのですが、アルミサッシやステンレスならいいんですけどね、木は年数が経ってしまうと剝がれません。

布の部分は剝がれても、木にしみこんだボンドが取れないんです。木と完全に一体化してしまってるんですよ。夫がボンド用の溶剤を買ってきましたが、それでも取れない。石とは違いますから、こそげ落としの金属のヘラでは傷ついてしまいます。結局、サンドペーパーをかけたんですが、それでも完全には取れませんでした。

透明の硝子もすり硝子と見紛うほどに汚れていました。でもむかしの硝子でしょう、力を入れて拭いたらバリンといきそうなんですよ。こんなところで手首を切りたくありませんから、そろりそろりと雑巾で拭くしか手はない。でも、二階ですから、水場はありません。バケツに水をくんでも、一回で真っ黒になってしまうから、意味がない。一度に十枚くらいの雑巾を持って上がり、それが汚れたら（すぐに汚れるんですが）、階下に下りるという繰り返し。水拭きです、硝子用のクリーナーなんて、まだまだ出番ではない。あれは磨くものであって、汚れをこそげ落とすものではない。

蛇足ですが、この頃の私は痩せました。掃除ダイエット。とにかく一階と二階を何度も往復しますでしょう。この階段というのが、昇り降りしにくいんです。踏み面の奥行きより、足の文数のほうが大きい。つまり踵がきれいにはみ出る。勾配もかなりありますから、何気なく昇り降りするなんてことは、新入りにはできない芸当なのです。いちいち全神経を足下に集中させ、太股にぐいと力を入れて昇る、降りる。おまけに土間への昇り降りも加わる。慣れるまでは筋肉痛になりました。

最近の建具というのは、アルミサッシにしろ、ドアにしろ、特別なものを除いては、桟がないでしょう。ところが襖は違いますが、木の硝子戸や障子、丸桟戸にしろ、とにかく日本古来の建具というのは、桟だらけなんです。ここに埃がたまる。特に隅。埃が固体化して、こびりついている。雑巾では取れません。歯ブラシを使いました。

でも、これもAさんの束子とともに、あとで古民芸をあつかう仲良しの骨董屋さんから、窘《たしな》められてしまいました。骨董屋さん、首を大きく振りながら、

「ああ、そんなんしたらあきません。年とってんにゃから、かわいそうです。人間の肌とおんなじですよ。水拭きを何度も丁寧に繰り返すしかないんです。顔でもごしごし洗《あろ》たらあかんとよういいますでしょ。やさしく拭いてあげてください。隅は指にこう布をあてててね。洗剤も使わんでください。硝子は別として、木の部分は水で取れへんような汚れは、もう木の一部になってるんです、味なんです。廊下なんかでも、ふつうの家の廊下は黒光りしてるでしょ。あれ、拭き掃除でああなってしまうんですよ、バケツの水、一回雑巾を洗うたびには、替えないでしょう。そうです、汚れがしみ込んでしまうんでです。柱とか建具なんかで人の手がようふれるところは、やっぱり艶が出てます。手の脂

がついて、そうなるんやね。これを汚いと思う人は、古い家には住めません。いえ、いいとか、悪いとか、そういうこととはまた違うんです。無理して古い家に住むことはないでしょう。うちで扱うてる時代ものの水屋箪笥なんかでも、お客さんによっては、食器を入れるところやから、内側の板は張り替えてくれ、いわはる人もいるんですけど、そういうお客さんには、新しい水屋箪笥をおすすめするんです。こういうもんは好きな人が使えばいいんです。無理して使うもんとは違いますからね」

しかし、それをきいたときは、すでに遅かりし。二階の建具と走り庭の棚の建具は、束子と歯ブラシと洗剤で、洗い上げてしまっていました。Aさんが丁寧に洗ってくれた丸桟戸は白木に戻っていました。硝子戸にはささくれが。私も束子や歯ブラシを使ったんですが、連日の疲れで、腕に力が入らなくなっており（ま、手抜きともいいますが）、そこまで徹底して、洗えず、事なきを得ました。

「毛、毟《むし》り取られた白うさぎみたいやな」

「そんなあ、せっかくAさんがきれいに洗ってくれたのに。わかった、あとで米糠ワックス、塗りこんでおく」

洗顔のあとは、化粧水、乳液——、自分の肌と同じか……。そういえばAさんも私もしっかりゴム手袋をしたまま、掃除してました。だって手が荒れるんだもん。だったら木は荒れないのか。古民家は古民芸だなんてえらそうなことを口にしながら、古民家に住むということがどういうことであるのか、まだまだ理解していなかったんですね。二階の掃除――床の間、床柱、鴨居、長押、天井板、畳（しばらく土足で歩いていたので、目のすきまに汚れが入り込んでました）、建具（硝子戸が十六枚）の掃除に、Aさんに手伝ってもらって、丸三日はかかりました。

十数枚の雑巾は洗濯石鹼で洗うのですが、これが一仕事。見かねたAさんが洗濯板を買ってきてくれました。生まれてはじめて使いましたよ。でも、これ、勝れものですね。もみ洗いではなかなか落ちない泥汚れが、これでこすると一気に落ちるんです。それに音が心地いいんですよ。本当にゴシゴシというんですね。ごしごし洗うという表現は、洗濯板で洗濯するようになってからできた日本語だと、確信しました。でも洗濯板の起源って、いつなんでしょう。江戸の頃からあったような気もするし、いや、明治になってからという気もするし。洗濯板はいまでも足袋や雑巾の洗濯には重宝しています。

設備の工事も月末には、入っていたのですが、給湯器をつけたところ、これがまた予想外の展開になったのです。蛇口をひねっても、ガスが点火しないいんです。給湯器というのは水圧が低いと、点火しないようになっているんですね。

もともとこの家、水の出は悪かったのです。蛇口からはゆるゆると下りてくる、という感じ。ただ、むかしのシンクというのは、浅い。勢いよく水が出たのでは、撥ねます。バケツに水をためるのに何分もかかるのは閉口していたのですが、ま、この程度でちょうどいいのかも、と納得してたんです。

ところがそこに給湯器をつけましたから、蛇口を全開にしても、針の穴をそーっと抜けたような水しか出なくなった。風呂場のシャワーなど、じわじわと滲み出てくる程度。これでは洒落にもなりません。

工事に入ってくれたフクちゃんいわく、

「この家の水道管は鉛管なんです。いまはビニ管ですよ。もっと古いんは鉄管ですけど、どっちにしろ、むかしの水道管やから、細いんです」

しかしこれを取り替えるとなると、通り庭の土間を全部、はつることになります。費用も日数もかかります。困りました。ところがフクちゃんいわく、市の水道管から、うちの門の外まで引き込んでる管も時代ものなんだそうです。これをいまのに替えれば太いですから、うちの水道管は細いままでも、水圧は上がるという。

これはもう市に工事してもらうしかない。さっそく水道局の係の人に見に来てもらい、フクちゃんのボスの山田さんが、職員に事情を説明。おっつけ夫も戻ってきて、水道局にかけあいに行きました。見事な連携プレーでした。

京都市は住民にやさしいところですね。さっそく(確か翌日だったと思います)市の水道工事が入ったのでした。おかげでやっと一般家庭と同じ太さの引き込み管になりました。めでたし、めでたし……、のつもりだったんですけどね。そこまでしても思ったほど水圧は上がらなかったのですよ。点火したり、しなかったりのボーダーライン。

「これじゃ、意味ないよね。給湯器あきらめようか。私はお風呂、釜炊きでもいいよ」

「だけど、瞬間湯沸器が、走りにつくのは許せんなあ」

瞬間湯沸器というのは、給湯器のように裏庭へは隠せないですからね。隠せなくてもいいじゃない? とお思いになりますか? せっかく古民家に住むんです。特に走り庭、通り庭は、私のいちばんこだわりの空間です。妥協したくありません。だって、キッチンは主婦のお城ですから。その趣味は百八十度、違いますが。

とはいえ、給湯器、湯沸器がないということは、つまり凍てつくような冬場でも、冷たい水で洗い物や掃除をするということです。

「でも子どもの頃はそういう生活をしてたわけだからね」

と私。何事も慣れでしょう。もとより夫は洗い物はしませんから、私さえ、それを受け入れる遊び心（覚悟というより、余裕ですね）があれば、瞬間湯沸器という文明の利器を手放してみるのもいいかもしれません。そう、どうせ五年間なんですから。

便利な生活だけが、楽しいというわけではないでしょう。

「トライしてみようよ」

と、ここまで妻は諦観したのに、夫は往生際が悪い。どうやらシャワーがないというのが、ネックになっているようなのです。私とは世代が違いますからね。彼は昭和四十年代生まれですから、ご幼少のみぎりから、シャワーで育った世代なんです。

引っ越し後、ふたたびフクちゃんが秘密兵器を持って登場。鉛管にジェット水流を流してみるという。年老いた水道管というのは、老人の血管と同じで、いろんな不純物がこびりついて、水の通り道が狭くなっているんですね。引き込み管を太くしても水圧にあまり変化がないということは、もうそれしか考えられない。

ジェット水流を通して、管のなかを掃除しようというわけです。

シューッという、不気味な轟音が通り庭に響きわたりました。

「たぶん、これで出、よくなると思います。えらいぎょうさんたまってましたから」

と、フクちゃん、何やら自信ありげな表情です。

みんなが見守るなか、せーのの掛け声とともに、私が蛇口をひねりました。

どーっ、蛇口の太さで水がしぶきを上げて、落ちてくる。

「やったー。すごい、すごい。これで人並みの生活ができる」

もちろん給湯器も「ボッ」と勢いよく点火しました。

夫はすーっと風呂場へ行き、勢いよくあふれるシャワーにご満悦。

「今日から、お風呂、炊かなくてもいいんだね」

つい、私も本音がこぼれてしまいました。

それにしてもこの家、市の記録によると、水道工事は昭和十年（鉄管から鉛管にしたのでしょうか？）と、六十三年に水洗トイレの工事が入っただけだという。通り庭にははつった痕があります。そうですか、それまではバキュームカーが来ていたのですね。

さてと、十月三十一日、引っ越しは敢行することとなりました。

その時点で、終了していない工事を、ここに列記しておきます。

一つ、左官工事は、外壁内壁ともに、上塗、一部中塗。玄関の間と土間（前ダイドコの間）に新しくつくる壁は荒壁から、そして土間打ち（石の洗い出し）。

二つ、和田工務店にやってもらう大工工事は、土間の周囲、本箱を収納する押し入れの床下の補強、腐った縁側の修復。

三つ、電気工事はアンペア数を増やし、ヒューズがとばない配線にし直し、各部屋にコンセントを設置する。配線は碍子を使う。蛍光灯を撤去し、時代ものの照明器具につけ替える。

四つ、庭、本格的な作業は春になってからにするが、増えてしまっている南天やアオキなどを伐採する。

五つ、建具の調整、補修、補充。

六つ、自分たちでする作業としては、一階の土間上がりの廊下と、座敷の床板張り。トイレの床張り（漆の檜板をここにも張る）、トイレの天井の合板隠し、便器の取り替え（これも夫がするという）、風呂場の天井板の張り替え。一階の大掃除。通り庭の柱や、洗いすぎて落ちてしまった建具への、ベンガラ塗り。押し入れに張る和紙の柿渋塗り。走り庭の棚、骨董屋で購入した水屋簞笥を作業台へ改修。時代もののランプシェイドや釣り灯籠を骨董屋で集める。

こんなところでしょうか。ほとんど全部ですね。
しかしまさかこんなことになるとは思ってもいません。
十一月二十三日には、月刊誌「ミセス」が撮影に来ます。

14　引っ越したとたん、漆にかぶれた

いま、思い出しても、よくぞあんな過酷な引っ越しができたと思います。引っ越し、業者に頼まなかったんです。トラック（といっても小型です）はいつものようにAさんに借り、人手のほうは夫の後輩クンたちの厚情におすがりする。という計画だったんですが、ま、計画や予定はことごとく覆されるのが、うちのさだめでございまして――。

今回は、夫が日にちを勘違いした。ダブルブッキングというものですね。この日は京大でシンポジウムがあり、夫も後輩クンたちも全員出席する予定になっていたのです。

それを知らされたのは、前日の夜でした。

「おかしいなあ。今年の十月は三十二日まであるはずやったんやけどなあ」

この戯《たわ》けが――。本当は二、三日前に気づいたらしいんですが、三日前にいうと、三日間、私から文句をいわれつづけなければならないと、夫、黙ってたんです。

「明日の今日じゃ、業者にも頼めないわよ」

だから最初から、業者に頼めばよかったんです。そこを夫が、自分たちでできることは自分たちでする、とこだわりを見せたばっかりに……。引っ越し費用がうくと、妻も同意してしまったばっかりに……。どうするんですか、引っ越し。

夫に詰め寄ってみましたが、夫は悪びれることなく、

「夜、帰ってきてからやる。シンポジウムが終わったら、打ち上げがあるから……、わかった、それには参加せずに、夕方には帰ってくる」

午前中から、丁寧に（時間がありますから）梱包をはじめた私でしたが、私の友だちは午前中から、しっかり馳せ参じてくれています。Aさん夫婦にBさん、東京から母も上洛しており、梱包の粗方《あらかた》はお昼にはすんでしまいました。Aさんの夫ができる人で、うちの夫が戻ってきたら、すぐに運び出せるようにと、ベッドを分解する、家具もエアキャップで養生してしまう、というところまで準備してくれました。

ここまでやったら、もうやることはありません。

「○○さん、いつ帰ってくんの？」

「四時とかいってたけど、たぶん夫のことやから、六時とか七時になると思う」

「七時？　そんななんのん？　麻生さん、なんぞ悪いことしたんか？　日、落ってから、荷物、運び出すん、なんていうか知ってるか？」

「──夜逃げ」あーあ。

空模様があやしくなってきました。Aさんのトラックは屋根がありません。

「もう、あかんな。小さいもんから運び出そ」

夫は六時半に戻ってきましたが、その頃にはAさんが段ボールを満載して、一往復してくれていました。Aさんの夫は腰を痛めているので、これ以上、無理はさせられません。後輩クンたちを代表して、携帯電話で呼び出された木村クンは、力仕事をやったことがないとみえ、使えないんです（ごめんね）。見かねたAさんの夫が正しい荷物の運び方を、手とり足とり、伝授。呑み込みは早いので、何とかなったようですが、でも、生活の知恵というのは学校では教わりませんからね。左官の親方のところで修業している森田クンも、親方から、

「京大出てて、こんなことも知らんのか」

と、よくいわれるといっていました。

本当に夜逃げのような引っ越しでした。Aさん夫婦やBさんには帰っていただき、本格的な引っ越しがはじまったのは、夜も八時を回っていたと思います。それからトラックで六往復ですよ。それも一往復は夫の事務所。荷物の一部は、修復工事が終わるまで、夫の事務所に置いておくことにしたのです。なんたって、段ボールを積み上げるのは、一階の床を張ってない六畳間です。となりの部屋は泥濘ができている土間。鍵もかかりません。こんなところにいくら段ボールに入れてあるからといったって、私の大事なきものなんか置けません。

途中からはいよいよ雨粒も落ちてきて、私は新居のほうで、指示を与えるために待機させられていたのですが、雨足が激しくなるにつれて、もう気が気じゃない。生きた心地がしませんでした。荷物は少ないつもりだったんですが、それでも第三便、四便、と到着するたびに、段ボールは堆《うずたか》く積み上げられていく。天井にも届こうかという勢いです。

が、二階に運ぼうにも、非力な私では無理がある。

「二階に運ぶのは明日、僕らがやるから、あなたは二階の掃除をして」

何とか床張りを間に合わせた二階は、鉋屑《かんなくず》でいっぱいです。おまけに漆塗りの作業台は置いたままですし、座敷の畳など靴痕がついているところもある。ヒューズがとぶといけませんから、掃除機も一階から延長コードをとってかけるありさまです。それでも、とりあえず布団袋や、時代簞笥だけは二階に上げてもらいました。

後輩の木村クンが解放されたのはたぶん夜中の二時は回っていたと思います。しかし私たちにはもう一仕事、残っていました。立つ鳥、跡を濁さず、です。マンションに戻り、空家になった部屋の大掃除をし、外してた棚などを元通りにつけ、鍵を管理人さんのポストのなかに入れたのは、なんと朝の五時半でした。夫が、「圭子ちゃん、帰ろうか」と、声をかけたときには、私は雑巾がけのポーズのまま、畳の上で眠りこけておりました。

それから夫は鍵のまだかからぬ（建具がついてないんですから）新居へ戻り、私は母の泊まるホテルへ行かせてもらいました。かわいそうな夫は畳の上で毛布にくるまって寝たらしい。でも、さすがに夫は文句ひとついいませんでした。いえませんね。

「はい、すべてはわたくしのせいでございます」と、夫。

翌日も昼前から、荷物の片づけです。木村クンは二日も続けて、手伝いに来てくれました。衣類が入っている段ボールを二階に上げて、一階の段ボールは、やっと腰の高さくらいまでになったのでした。台所の戸棚のなかにエレクタを突っ込んでもらい、母と私はキッチン用品を片づけに入る。このへんの作業は私、早いんです。東京にいる頃は、年に一度は気分転換と称して、引っ越しをしてたもんですから。

翌日の十一月一日というのは、母の七十三歳の誕生日、夜は、天ぷらの「吉川」さんの座敷に予約が入れてありました。夕方には作業は切り上げて、母のホテルに戻り、シャワーなどを浴び、小休息をとったのですが、夫が腕が痒い、といいはじめました。見ると、腕に何やらポツポツと湿疹のようなものができている。

「あの家、畳にダニがいるんかなあ」

「じゃ、明日、バルサンでも焚こうか」

そんなことをいい合いながら、暖簾《のれん》をくぐったのでした。気ぜわしい毎日でしたから、打ち水がされた敷石を踏みながら、玄関の間に入ったときには、何やら不思議な達成感がありました。やっとここまできたか、ここから先はそのご褒美——。

明治期に建てられたお屋敷を、戦後、「吉川」さんが譲り受けるような形で、料理旅館にしたんだそうですが、いいですね、和の室礼《しつらい》というの、落ちつきます。

乾杯をしながら、大きく一ツ、安堵の吐息をついた、まろやかな祝い酒でした。

「いよいよ町家暮らしのはじまりですね」

どこが町家、まだ工事現場だよ、などという悪態は夫も私もつきませんでした。

その帰路、夫はまた痒がりはじめました。やはりダニでしょうか。

「ホテルに泊まってく？」

一応、気づかってみた妻でした。しかし鍵がない家に、いくら貴重品ではないとはいえ、梱包した荷物が置いてあるのです。箱にはご丁寧に「グッチ靴」「プラダ鞄」とか書いてある。どうぞ、持っていってください、といわんばかりです。

「やっぱり、僕は家のほうに帰ります」

そうお？　といいながら、妻は引き止めませんでした。

ところがです、バチが当たったんでしょうか。その夜から私も痒いような気がしてきたのです。

翌朝、シャワーを浴びて、愕然としました。ダニじゃありません。稗《ひえ》とか粟くらいの赤い粒々が、腕の内側の、皮膚がやわらかいところにいっぱいできています。

思い当たることはただ一つ。漆です、漆にかぶれたのです。

というのも、塗っている最中に、ジーパン越しでしたが、漆が太股に付着したんですね。そのへんが二、三日前から、赤くなりはじめていたのです。とはいえ、漆を塗ってからもう一週間は経っています。それに、半年前のときはまったくだいじょうぶでした。そのあとだってうつわに金接ぎしてましたから、漆は使っていました。

でも、かぶれのかの字もなかったんですよ。

なのに、なんでいま頃、それも引っ越しをしたとたんに……。

「私たち、漆にかぶれない体質かと思ってたのに……」

師匠の沢田さんに訊けば、最初のときはなんともなくて、二回目、三回目にかぶれる、という人は少なくないらしい。知人の漆の工芸作家さんは、二回目にきたという。私たちはゆるやかにやってきたのですね。徐々に、徐々に、漆の抗原が体内に侵入し、ひそかに抗体をつくらせてたんですよ。

「漆にかぶれた」

と、うるわし屋の堀内さんに見せたら、一目見るなり、

「ああ、本当、それ、漆やわ」

と、やさしい顔でにこっと笑いました。

「これからもっともっと痒くなると思う。針で刺したいと思うくらい、痒くなる。せやけど、掻かんといてね。掻くと広がる。いま点でしょ、そのうち、それ、地図になると思うわ。それが浮き上がってくるの。夜も寝られへん、痒いよお。ふふふっ」

「ふふって？　喜んでない？」

「え？　うん、うれしい。これでお仲間やね。麻生さんたち、かぶれへん、ずるい、と思てたん。せやけど、一回そのくらい、かぶれたほうが免疫になるし、これで麻生さんたちも、私らとおんなじ人間やということが証明されたわけやし」

　それから五日間くらいがピークだったように思います。二日に母が帰京し、その夜から私も工事現場で寝泊まりするようになったのですが、寝ているときの二人の恰好たるや、滑稽を通り越して、ああ、哀れなり。二人ともいちばん痒いのは、手首から肘にかけての、腕の内側だったんです。起きているときはひたすら掻かないように（本当、ちょっと掻くだけで、あっというまに新大陸ができるのです）していたのですが、眠ってしまうと、どうにもこうにもいきません。暖まると、痒みが増すんですね。ふと、目を覚ますと、夫は腕を天井に向かって垂直に上げ、ぼりぼりと掻いている。もちろん寝ながらです。夫にいわせると、やはり私も寝ながら、ぽりぽりと掻いていたらしい。

ですから毎日、朝になると、湿疹諸島が新大陸として隆起していたものです。

蚊に喰われたら、痒いでしょう、あれが何百とまとまった状態ですからね。

まあ、油断していたところはあったと思います。それでも私は顔や首には一応、オリーブオイルを塗って、油膜をつくっていましたが、素手でさわったりしてましたからね。今回の漆塗りは、主に私が塗って、夫は塗った板を乾かすために、壁に立てかけたりという持ち運びの作業をしてたんですね。手首から肘までがやられたのは、私は腕まくりをしてたせい。拭き漆というのは、ヘラで塗ったあと、摺り込み、さらにボロ布で拭き取っていきますから、手首から上というのは、ほとんど漆の面に接するくらいの距離です。気づかないうちに付いていたんじゃないかと思うんです。夫のほうも漆板を両腕で抱えるようにして、運んでましたから、直に付いたんでしょう。さらに夫はその手で首を掻くかどうかしたらしいんですね。首から耳にかけても出てました。

いま、書いていても、痒くなってきます。読んでいても痒くなってきませんか。

寝ているあいだに掻いたせいでしょう。私の場合は、太股から骨盤のあたりにまで広がって、もともと太股に原液が付着したところは、血の色になりました。

痕になったらたいへんだと、近くの皮膚科に見せに行きましたが、

「ああ、漆やね」

と、いったっきり、なんの説明もしてくれないんです。私としては、漆かぶれにはなぜ時差があるのか、なぜ掻くと、諸島が大陸になるのか、後遺症はないか、これで免疫になって次からはかぶれないのか、とか、いろいろ訊きたかったんですが、いや、実際、訊いたんですが、うんうん、と煩《うるさ》そうに相槌は打つも、カルテにひたすら書き込むだけで、何ら質問には答えてくれなかったのでした。ただの漆かぶれだとしても、患者にとっては一大事なんですから。

京都の町医者さんはこういうタイプが多いですよ。むかし、東京で蕁麻疹《じんましん》で、駅前の皮膚科に行ったときなんか、抗原、抗体ということばの説明から、抗ヒスタミンという薬の説明まで、紙に書きながらしてくれましたからね。

とりあえず塗り薬と飲み薬を処方してくれましたが、みんながいうとおり、気休めに等しいものでした。痒みが治まっても、さめ肌のようなザラザラ感が何日か残っていましたが、いまはまったく痕にも残っていません。ものの本によると、漆は痕には残らないようです。ま、痒いだけで、大したことではないんですね。

——と、いろいろ書きましたのも、最初のほうで、漆塗りを勧めましたでしょう。釣り竿にちょこちょこっと塗るくらいではかぶれないと思いますが、私たちのように家の床に全部、漆を塗るぞ、なんて方はお気をつけてください。

「漆でかぶれて死んだ人というのはいません」

という、私たちのお師匠さんのことばを添えておきましょう。


その漆の板を使って、一階の座敷の床が張り上がったのは、おそらく十一月八日か九日だったのではないでしょうか。古い家でしょう、床が水平じゃないんですね。ですから下地の調整からはじまるんですよ。傍から見ていると、夫、いちいち水平《レベル》を器具で計りながら、糸を張って、下地の木枠を張るという、なかなか面倒くさい作業をこなしておりました。男性というのは、こういうことは几帳面ですよね。日常生活においては雑でも(たとえば、洋服の畳み方とか、タオルの掛け方とか)ね。

昼間は仕事がありますから、夜しかできないんですね。夜、帰ってきて、一時間、二時間したら、もう自粛しなければならない。野中の一軒家なら、徹夜もできますが、閑静な住宅地でありながら、うちの一角は元は棟割り長屋ですから、隣家とはくっついています。おまけにすきま風がたくさん入ってくるような古い木造家屋でしょう。東側は、奥（北側）の家への路地と壁一枚で接しているわけですが、二階にいると、ここを歩く足音が、うちの通り庭を歩く足音のように、ひたひたひたっ、と迫ってくる。いまは微妙な差異が聞き分けられるようになりましたが、最初の頃は、夫がいないときなど、すわ泥棒かと、いきりたったものでした。さらに、当時は建具がまだ入っていませんでしたから、うちの音はそのまま坪庭へと流れる。土塀で遮断されるぶん、軒を連ねて建つ、隣家三軒の二階へと直接、伝わってしまうようなんです。

はじめの頃は、そんなわけで気をつかっていたのですが、これではどうにもこうにも作業が捗《はかど》らない。ちょうど週末だったことも相まって、

「今夜じゅうに、何とか、下地は張りたいな」

ということになったのです。とはいえ、夜の十時半ともなると、やはり憚られます。もちろん、製材所じゃないんですから、のべつ幕無しに、電動ノコを唸らせていたわけではないんですが、それでも充分にご近所の方は煩かったんだと思います。

「もう、これ以上はでけんやろ。ごはんでも食べに行こか」

その頃はまだ台所が使える状態になっていません。

二十四時間営業のファミリーレストランから帰ってきたのが、何時だったでしょうか。十二時は回っていたと思うんです。電動ものはもう使えませんが、

「今日中に、トイレの床にモルタルを流すわ」

ということになり、夫は作業をはじめました。私は二階でクローゼット（などというものがあるわけはなく、元は押し入れです）の整理をしていたのですが、階下から、

「はい、すみません」

と、夫が誰かに返事をする声が聞こえました。いったい、誰と喋ってるのでしょう。まもなく夫が足音もたてずに二階に上がってきて、「怒られた」というではありませんか。

「どの家からかはわからんけど、男の人の声で、『麻生さん、麻生さん、もう一時ですよ』て、声がかかった。いや、声は冷静。こらーっとか、そういう感じやなしに、こう、諭すような感じで、『麻生さん、麻生さん……』」

「えー!?　どこの家だろ。どうしよう。明日、謝りに行かなきゃなんないね」

工事がはじまる前には、一応、ご挨拶には上がっていたのですが……。うなだれる私たちではありましたが、このまま寝るわけにはいかない。この週末を逃

したら、夫はまた時間が取れなくなってしまう。その頃の私たちの合ことばは、

「早く人間になりたい」

今日日《きょうび》、厩《うまや》でももっとましでしょう。建具はあるだろうし。

よし、和紙に柿渋でも塗ろうか、ということになり、しばし作業には入っていたのですが、やはり「麻生さん、麻生さん」で士気が下がったのか、とたんに眠気が出てきた。

「風呂でも入って、今日はもうやめよか」

ということになり、お風呂にお湯を入れはじめたところでした。

「麻生さん、夜は寝てください」

ふたたび、声が。隣家三軒の窓はどれも真っ暗なのですが、声はするのです。

「麻生さん、夜は寝ましょう」

「はい、すみません」

小さな声で返事したのですが、これが夜の静寂に響きわたる。あわててお湯を止めました。きーん。耳に痛いほどの静寂とは、このことですね。

明かりを消して、足音を殺して、二階にそろりそろりと上がり、ひそひそと会話。

「はあ、これが町家というもんなんだね。いままでのように、夜中の二時、三時にお風

呂入ったり、洗濯機をまわしたり、ということはもうできないんだね」

「これで近所からイジメにあうかもしれんな」

「えー、みんなやさしそうな人ばっかりだったよ」

「わからんで、京都人やからなあ。大学のとき、町家を借りてた女のコがいて、となり近所の人がみんな自分が夜、何時に帰ってきたかを知ってる、聞き耳を立ててる、いうてたけど、聞き耳立ててるのと違うな。聞こえてしまうんやな」

翌日、あわててあやまりにいきましたが、ところがどこも、

「いいえ、そうでしたか。うちもうるさいですしね」

「なんのことですか？　いえ、気《きぃ》つきませんでした」

文句をいうどころか、やさしく微笑み返してくれるのでした。

でも、私はこういう表裏が好きです。おかげで気まずいことにもならず、気持ちよく暮らしています。それが都人の知恵というものなのですね。

15　やっと完成、いざお披露目

「おはようございます」

あの頃、毎朝八時半にやってくる職人さんたちの声で、私たちの一日ははじまったものでした。鍵はかけていませんから（いまは違いますよ。当時は建具も入っていなかったので）、身支度をすませて下へ下りていくと、すでに作業がはじまっている。

「おはようございます。いつも早いですね。何時にお家は出てこられるんですか？」

「市内じゃないんで、七時半頃ですかね」

職人さんの朝というのは、日の出とともにはじまるのですね。

十一日からは母がふたたび上洛。漆にかぶれたり、とんでもない状態の家に引っ越したことを知ってますからね、手伝いに来てくれたのです。七十三歳の母に心配してもらえるなんてね、娘冥利に尽きます。ありがたいことでございます。

その日は夫がちょうど便器を取り替えておりました。母が来るまでに間に合わせようと思っていたのですが、遅延はいつものことでございます。

しかしいきなり母を驚かせてしまいました。夫、便器を運びながら、

「ああ、おかあさん、すみません」

などと、挨拶したものですから。

「まあ、それ、便器？　○○さんが自分でやるの？　逆流したりしないんですか」

「いや、だいじょうぶです」

そうですか、と笑顔で頷きながらも、私には心配そうに訊いたものです。

「圭子、それで、いつまでお手洗いは使えないの……？」

しかし母の心配をよそに、便器の取り替え作業は、その日のうちに終了。便座ヒーターつきの青い便器は、白のプレーンなものに、床は漆の檜《ひのき》板張りに替えました。厠は水洗の工事が入るときに、和式から洋式にリフォームしてしまっていたんですね。

お風呂場のリフォームもそのときに入ったのでしょう。残念ながら、薪で沸かすような木のお風呂ではありませんでした。二年ほど前に取り壊された中京の表屋造りの町家で五右衛門風呂を見たことがあります。当然、薪で沸かしてたんでしょうね。

子どもの頃、愛媛で住んでいた家は、薪で沸かす、檜のお風呂でした。日曜日の夕暮れどき、私は釜口で火の番をしながら、湯に浸かっている父に、「お父さん、どうお？まだぬるい？」と、訊ね、父は大きな声で「いや、いい湯加減だよ」と答える。勝手口からは包丁の音がきこえてき、やがて夕げの匂いに包まれるのでした。なんでもない光景ですが、いま思い起こすと、贅沢でしあわせなひとときでした。そうやって私は五感で、父、母、私という家族の関係を覚えていき、情緒というものを身につけていったように思うのです。それに引き替え、いまの子たちは……。

「湯加減はどうお？」

そういう微妙な加減を、家族や夫婦で、訊ねることがなくなりました。蛇口を捻れば、適温のお湯が溢れ出てくる。機械がなんでもやってくれる。戦後、家電のおかげで、家事はラクになりました。女性の地位も向上しました。けれどそれは一方では、家族の絆を脆くしていきました。心も合理化させてしまったんですね。

話がそれてしまいました。お風呂の話でした。檜の風呂桶に替えたかったんですが、前の町家のときの風呂桶は、大きすぎて入らなかったんです。ましてや賃貸契約は五年です。

「旅館みたいな檜のお風呂の夢は、次の町家に残しとこう」

ということになりました。

ここのお風呂場、脱衣場というものがないんです。座敷と座敷庭のあいだの廊下の一角が、たぶん脱衣場なんですね。むかしはそこで脱いでも、見えなかったんだと思います。高塀がありますからね。しかし隣家が三階建てに建て替わることで、事情が変わってしまった。簾を吊っても、夜だと透けてしまいます。

「あら、むかしの小さな家というのは、脱衣場なんてありませんでしたよ。なかで脱げばいいのよ。で、脱いだものは、こっち（裏庭側にも戸がついている。両面戸なのです）の下に籠でも置いて、ぽんと入れる。着替えは廊下の脱衣籠に入れておけば、すっと手だけを出してとればいいでしょ」

と、母がいうのです。裏庭側に簡単な囲いをつくってもらおうか、などと思ったりしていたのですが、この母の一言で、そうか……、家を合わせるのではなく、家に合わせる、これこそむかし町家暮らしの極意である、と思い止まったのでありました。

うちの母は大正十五年生まれですから、はからずも、母とほとんど歴史を同じくする家を、娘は選んだのですね。そうなんですね、「老いては子に従う」なんてのは、勝手ないいぐさですね。母を合わせるのではなく、母に合わせる——、しかしこれは家よりむずかしそうです。家の介護はちょうどいい予行練習になるかもしれませんね。

それにしてもうちの母は元気ですね。

「もう私も年だから、それほどの加勢はできませんけどね」

と、いいながらも、一階の建具の掃除はほとんど母がやってくれました。

「そういえば、おばあちゃんも、引っ越しをするたびに、よく手伝いに来てくれたね。でも、まだあの頃、おばあちゃん、七十歳前だったんだね」

歴史は繰り返す、ということでしょうか。母とならんで雑巾をかけながら、そんなむかしを思い起こすことが、私も楽しい年齢になったようです。

「もうね、最初の頃は、土の上を雑巾がけしてるみたいだったのよ」

「そういうもんですよ。圭子、大阪の社宅、覚えてる？　あの家も古かったわね」

「覚えてる。お風呂が暗くて、ナメクジがよく出たよね。お塩かけると、しゅーって萎《しぼ》んで。そういえばあそこのお風呂の床、ここの流しみたいに石の研ぎ出しじゃなかった？　ナメクジの跡が金色の糸みたいについてた……」

「まあ、よく覚えてるわね」

「うん、そういえばそうだね。子どもの頃から、家に興味があったのかもしれないね。愛媛の工場長社宅の柱とか廊下が柾目《まさめ》だったのも覚えてるよ。そうそう、壁は緑色に金とか銀とかが混じってる砂壁だった」

「そうだったね。あの家はいい普請がしてあった。掃除もやり甲斐がありましたよ」

「うん、うちの廊下、ぴかぴかだったでしょ。しゅーって滑って遊べたもんね。私が掃除が好きなのは、絶対、おかあさんの影響だよね。子どもの頃の体験っていうのは、忘れていても、脳のどっかで熟成されてるんだよね。京都でこういう家に住みはじめたのも、日田《ひた》のおじいちゃんおばあちゃんの家が、土台になってるような気がするもん。あそこで私は生まれたんだしね。あの家、古かったよね」

「そうね、幕末に建てられたものだったからね」

「えー、幕末だったのか。惜しかったね、壊しちゃって。いまなら生けこぼちにしてもらって、梁《はり》とかもらいに行ったのに。酒蔵も木造だったもんね。京都の島原に、輪違屋《わちがいや》っていう置屋があるんだけど、そこを見に行ったとき、薄暗い廊下の桁《けた》とか柱に、やっぱり碍子が這わせてあって、何かなつかしい気がしたのね。はじめてなのに、なんでなつかしいんだろうって思ったんだけど、あとから気づいた。ああ、おじいちゃんちの廊下と似てたんだって。確か酒蔵も、碍子が這わせてあったよね」

「それにしても圭子が、まさかこんなうなだれてるような家に住むとはねえ……」

「だから、幼時体験が熟成されたんだって」

「あら、おじいちゃんちはここまでうなだれてませんでしたよ」

いいんです、うなだれてるくらいのほうが謙虚で。日本文化というのは傾いているところにこそ、その神髄はある、と説く学者さんもいるくらいですから。

碍子を使った電気工事が終わったのもその頃でしたでしょうか。十一月になって早々に、工事は入ったんですが(二階の配線も、ヒューズを外してもらいました)、途中で、その碍子が足らなくなってしまったんです。問い合わせると在庫がないとかで、

「すみません、焼いてもらう手筈にしましたんで」

ということで、延びてしまったんです。

いまどきの家の電気配線は、壁の内側や、天井裏、床下に隠してしまいますからね。あとから電気を引くときも、いまはビニールのコードでしょう。でも私はどうしてもむかしながらの碍子で配線をしてほしかったんです。祖父母の家への郷愁というのもありますが、もう一つ、電気というものは線で引いているのだ、ということを確認できる状態にしておきたかったのです。碍子は隠すのではなく、見える配線ですからね。

私たちにとって電気はもうほとんど空気のような存在になっているでしょう。テレビだって、リモコンを押せば、瞬時に映ります。でも、むかしのテレビは電源を入れても、映るまでにしばらく時間がかかりましたから、ああ、電波を受けはじめているぞ、というような「距離」を感じました。だからこそテレビに出ている人は、「遠い人」だったのではないでしょうか。浮気をしようが、学歴詐称をしようが、私たちには関係のないことだったんです。それがいまはどうでしょう。コンピュータ・ゲームと本物の飛行機の操縦との区別がつかない人さえ現れはじめているんですからね。

だから景観がどうであろうと、私、電信柱はあれでいいんじゃないかと思っているんです。地下に埋めてしまったら、ますます電気は空気になってしまうでしょう?

部屋のあかりは、一部屋を除いて、蛍光灯に掛け替わっていましたので、それをもう一度、元の白熱灯に戻しました。京都には明治から昭和初期にかけての日本製の照明器具ばかりを扱う骨董屋さん（「タチバナ商会」さん）があるんですね。そこですべて形の違うものを選びました。よく旅館や料亭の玄関先に置いてある、鉄の灯籠も買ってしまいました。

「よう探さはりましたね。みんな古いもんですよね」

電気工事に入った中川さんからは、褒めていただきました。

「この布のコードね、これ、家ができたときから、そのまんまなんですわ。せやし、これをさわらんようにしてくださいね。新しいもんに替えるんは嫌でしょう」

「はい。すみません」

壁にスイッチもつけませんでしたから、電気はソケットのところを捻って消す。向田邦子さんの、戦時中のドラマみたいです。どの部屋もほの暗いですしね。

「いろいろ、手間がかかる工事をしていただいてすみませんでした」

そう、中川さんにいいましたらね、

「いや、久しぶりに、碍子の工事をさせてもらいましたわ」

と、喜んでくれたのがうれしかった。走り庭のコンセントも年代ものの陶器製。よそ

の工事で新しいコンセントに替えたときに、中川さんが捨てずにとっておいたものを、

「こんなん、つけはりますか？」

と、放出してくれたんです。ただしむかしのものなのでアンペア数が少ない。調べてみると、うちの炊飯器は使えないらしいんです。

「いいです、ごはんなんか、ガスでも炊けますから」

とはいったものの、部屋のコンセントを使って、電気で炊いております。

うちに来てくれた職人さんたちというのは、本当に気持ちのいい人たちばかりでした。どの職人さんたちからも、ものを大切にするという心を教わりました。大工さんの和田さんなんか、木のことを話すときは、自然と木を擬人化してしまうんです。台所の間を土間にしましたので、その上がり框《かまち》に張る杉板を持ってきてくれたんですが、

「長いこと、倉庫に寝かしてあったんですけど、これでこの木も、喜んでくれてると思います」

といいながら、いかにも職人さんという手で、木を撫でるんですね。木を人間と同じ生き物として見てるんですよ。ですから切り屑のような木材や、白アリでやられたり、腐ってしまったような木材であっても、捨てたりはしません。和田さん自ら小型トラッ

クに積んで、お風呂屋さんに持っていくのです。最後まで無駄にせずに使うことが、人間の勝手で切り倒してしまった木に対する、せめてもの務めであると同時に、弔いなのです。

「成仏してもらわんとあきませんからね」

お風呂屋さんで燃やすというのは、火葬の意味があるんだと気づいたのでした。

毎朝、八時半に起こされますしね、工事現場で生活するというのは、最初の頃は、正直いって辛かったりもしたんですが、やがて職人さんたちの働く姿を見たり、話を聞かせてもらうのが、唯一の楽しみとまでなりました。夫からは、

「仕事をしているときの職人さんには、話しかけんように。邪魔やし、失礼になる」

と、釘をさされてはいたのですが、若い職人さんたちとは、友だちみたいになってましたから、横からじっとコテの使い方を観察してみたり、

「それ、何ですか」

と、いちいち質問してみたり。いい経験をさせてもらいました。

さすがに一人親方の井上さんが眼鏡（たぶん老眼鏡？）をかけて上塗をしているときは、声はかけられませんでした。背中からでも、コテ先に全神経を集中しているのが伝

わってくるんです。角を塗るときは、息を止めてますね。それにしても職人技というものはすごいものです。円窓や波文様をコテ先ひとつで仕上げていくんですからね。

腕のいい職人さんがいなくなる一方だとも、よくいわれますが、どうでしょう、私はそうは思っていないんです。日本人はそこまで愚かじゃないでしょう。町家もやっとここへきて、その長所が見直されはじめましたが、こういう職人さんたちの技もそうです。森田クンのような人はもっと出てくると思うんです。一級建築士なんかいっぱいいますからね。これからは元ボクサーの世界的建築家より、京左官の親方でもある建築家――の時代ですよ。

浅原の親方のところには、女のコの弟子もいるんです。はじめて採ったんだそうですが、外壁の二階の部分は、井上さんの指導のもと、彼女が塗ってくれました。軒の瓦に上がって塗りますからね、少しでも軽いほうが、建物がラクでしょう。彼女はたいへんだったと思いますが。京左官の女親方が誕生するとうれしいんですけどね。

でも、一人前になるには、最低で十年はかかるんだそうです。やはりそのくらいの経験を積まないと、土が読めないいんだそうです。天然素材というのは生きてますから、一口に聚楽土といっても、それぞれに個性があるし、そのときの天候によっても違ってきます。

「こういうのはデータがあっても、役にはたたないんやね。教えることもできない。やっぱり自分で経験を積んで会得していくしかないね」

上手に塗れるだけではまだ半人前ということなんですね。

「見た目は上手に塗れても、ハウスメーカーの仕事ばっかりやってるような職人は、心がないね。早く、安く仕上げることにばっかり、頭を使てるからね」

そんな話を日々、きいていますから、

「早く、塗ってください。早く仕上げてください」

とは、口が裂けてもいえません。しかし、工事の予定は順調に延びていきます。

土間を打つのも左官屋さんの領分なんです。ここが乾かないことには、家具も持ち込めないし、建具も入りません。茶室と玄関の間の壁が塗り終わらないことには、畳も入らない。畳が入らないことには掃除もできない、室礼もできない。

「ああ。いつ、土間は打ってもらえるんやろ」

「僕にいわれてもなあ、自分で訊き」

だから、口が裂けても訊けないっていってるでしょう。

しかし十六日には、「ミセス」編集部がとうとう工事現場にロケハンにやって来てしまいました。

「いえ、当日までにここはこうなって、ああなって、しかじかこうで……」

弁解、説明に大童《おおわらわ》のわたくしでございました。

さすがにこのへんから私も焦り出し、おそるおそる、

「あの、さっき見に来てた人たちですけど、二十三日に、撮影に来るんです」

と、一人親方の井上さんにいってみました。

「撮影て、この家をですか？」

「はい、この家です、……なんで、それまでには何とか、その、ええ……」

翌日から、職人さんの人数が増えました。

私も、自分でできることは自分でしようと、二階の押し入れに入れる棚は自分で板を買ってきて、微調整（すべてに古い家は微調整がいるんです。歪んでますので）には、鉋《かんな》かけまで挑戦しました。いや、大工仕事というのは、なかなかにして重労働なのですね。板がまた重かったものですから、完成したときには、肩で息をしてました。

そのときにちょうど母が上がってきたものですからね、

「まあ、圭子が自分で鉋をかけたの？」

さしもの母も心配、いえ、呆れたのでしょうか、

「締め切り、たまってるんでしょ。さっきも催促のＦＡＸが入ってたじゃない。掃除はおかあさんがしてあげるから、圭子は仕事をなさい。こんな生活をしてたら、からだをこわしてしまいますよ」

そうなんです、その頃の私は日中は家のことで手一杯ですから、原稿書きは夜中にしていたんです。おかげで四キロも体重が落ちました（残念ながらいまは戻りましたが）。

ベンガラ塗りに入ったのは二十日頃だったと思います。これは友人のＹさんに指南をいただきました。ベンガラと呼ばれる酸化第二鉄と、墨（松煙）を柿渋で溶いて塗るんです。柿渋ではなく、番茶を使うこともあるようですが、うちはＹさん伝授の、クメグラ塗りといわれる方法で塗りました。もちろんベンガラは着色のためだけではありません、防腐や防虫の効果があるんです。町家はほとんど（隠居建のときは塗らない場合もあるようですが）、このベンガラで着色します。

ベンガラは紅殻という字を書くので、紅い貝殻を磨り潰したものかと思っていたのですが、正体は、前述のように酸化鉄。桃山から江戸の頃に、ベンガル湾産のものが、南

蛮貿易で日本に入ってきて、ベンガルがベンガラになり、紅殻という字を充てるようになったらしい。

酸化鉄ですから、いわゆる赤錆色ですね。この分量が多くなると、金沢の町家みたいに紅く、派手になる。反対に墨の量が増えれば、焦げ茶色になる。京町家は焦げ茶色です。ほら、表向きは質素というのが、都人の美学ですから。杉本家なんかは、私が観察したところによりますと、通りに面しているところは焦げ茶ですが、店の間の裏側はわりと紅が勝ってるんですよ。

このベンガラ塗りは塗ってすぐは、それほど艶はないんです。ところが乾拭きをしたり、使い込んでいくうちに、自然な艶が出てくるんですね。一方、ペンキとか、オイルステンというのは、塗り立てがいちばんきれいでしょう。ペンキは年数がたつとひび割れたり、剝がれてきますからね。ま、ペンキのように好きな色は選べませんが。

ただ木にとってはベンガラがいちばんやさしい塗料ということになるでしょう。

「ペンキとかオイルステンを塗ると、木が死んでしまう、息がでけんようになる」

Yさんは、そんないい方をします。もちろんペンキやオイルステンに通気性がまったくないというわけではないようですが、ベンガラより劣るのはいうまでもありません。

それに簡単なんです。ペンキだと刷毛ムラができたりしますが、ベンガラは刷毛で塗ったあと、雑巾で摺り込んでいきますから（拭き漆の要領です）、自然に仕上がる。なのに、そうなんです、ふつうの日曜大工屋さんでは、ベンガラや松煙、柿渋は取り扱っていないんですよ。東急ハンズあたりで取り扱ってくれればいいのですが。

柿渋は臭いのが嫌だという人もいますが（漆と同じで乾いたら、もう匂いません）、私は嫌いじゃないですよ。お醬油が焦げたときの匂いにも似て、香ばしい臭さだと思うのですが、どうでしょうか。京都では渋新《しぶしん》という柿渋屋さんで手に入りますから、試してみてください。むかしから、お能の装束なんかは、この柿渋を塗った畳紙《たとう》にしまうらしいですからね。歴史がその効能は実証しているということでしょうか。

うちは、押し入れの内壁（漆喰が剝げかかっていましたので）や、一階の床の間の壁に張った和紙には、全部、この柿渋を塗りました。十五センチ角に切った和紙八百枚に、四回、柿渋を重ねました。夜中はこの柿渋塗りの内職に夫と精を出しました。これを布海苔を使って張るのは、夫のほうが几帳面なので、私は辞退申し上げました。

私、手先は器用なんですが、雑なんですよ。

ですからベンガラ塗りは私に向いてました。

結局、土間を打ったのが十七日、歩けるようになったのが二十日頃。上塗が終わったのが二十一日の夕刻。翌日、待機してもらっていた畳屋さん、建具屋さん、硝子屋さんに入ってもらい、何とか撮影当日には、工事現場から「住まい」に昇格しました。もちろん前日は徹夜でした。いえ、当日の二十三日に入っても、撮影が入っていない部屋では、建具の微調整をしたり、家具を動かしたりしておりました。

その甲斐あって、なんとか撮影は無事、終了いたしました。なかなかうちの町家は演技派で、まだ「住まう」ところまでいってないのに、すっかり「風情」などを醸し出しておりました。しかし私のほうは、「裏方」といった表情で写っていました。

翌日はさすがに寝込んでしまいました。

16　土間のダイニングキッチン

お正月に発売された「ミセス」を見た人たちからは、

「雑誌で見ましたけど、本当にあそこでごはん、つくってるんですか?」

そこまでいわれるかなあ、というほどの反応でした。一方では、

「買ったんですか?　京都だとやっぱ、安いですか?」

未だ、経済に走っている人というのは、何にでも正札《しょうふだ》をつけたがるようで――。

京都の人は一様に、みんな首を振りながらいうのでした。

「いやあ、私らでもようせんことを、なんでまた……」

「土間で暮らしてはるの？　いや、麻生さん、いつまで我慢でけるかな……」

「走りに氷、張りますよ。いちいち下りんならんし、たいへんですよ」

「足の裏から、冷たさが針になって刺し込んでくるでしょ……」

「麻生さん、むかしの石の流し、使てはんのん」

この石の流しや、銅《あかがね》の洗い桶、洗濯板の前に、自慢のダイニングルームは、すっかり霞んでしまったようでした。一応、蛇足ながら、洗濯機はあります。裏庭に置いてあります。

しかし、そんなに土間の台所というのは、みなさん抵抗があるのでしょうか。

これで竈があって、井戸まであったら、相当なリアクションだったでしょうね。

「麻生さん、どうしちゃったんですか。あの台所、おしんみたい」

作詞家時代に、私の秘書をしてくれていたコからは、単刀直入にそういわれました。

「知らないなあ。いまはこういうほうが高いんだから」

と、いい返した私でした。

余談ですが、京都では井戸水、ただじゃないらしいんです。お店なんかで大量に使うところは、ポンプで汲み上げてますから、市は計りにくるらしい。ある生麩屋さんでは、その料金が、毎回数十万円にもなるということでした。水も、むかしにこだわると高くつくんです。何か、へんな世の中ですね。

でも、やはり井戸水はおいしいですよ。夏は冷たく、冬は温かいですしね。

「そんな井戸水とか、お竈さんにこだわらはるんやったら、美山《みやま》のほうまで行ったら、いっぱいあるんとちがう？　茅葺きの家とか」

と、友だちにいわれてしまいましたが、それだとちょっと違ってくるんですね。あえて使ってる井戸水、便利より文化にこだわる「むかし暮らし」に、あこがれているのです。

先日、NHKのスペシャル番組で、石の研ぎ出し（ジントギ）に代わって、ステンレスの流しが登場したいきさつを放送していました。昭和三十年代のはじめ公団住宅が造られることになり、暗くて寒いキッチンを明るく一新しようということになったんですね。当時ステンレスの流しは大量生産がきかず、値段はジントギの五倍もしたとか。にもかかわらず、日本初の女性一級建築士が、自分のクビをかけて、これを推し進めます。番組的には拍手喝采の内容だったわけですが、私は「そうか、この人がジントギをリストラしたのか」と、恨めしい気分になってしまいました。

そうなんです、私、ステンレス、嫌いなんです。

水垢が目立つでしょう。ステンレスというのも、プラスティックと同じで、汚れを受け入れる「度量」がないんですね。どんなに愛情をこめて使い込んでも、ジントギのような味にはなりません。しかし傷みはしませんし、錆びませんし、酸アルカリ、何でもござれです。

ホテルの厨房、給食センターのような場所には向いていると思います。でも家庭の流しですよ、そこまで機能性にこだわることはないでしょう。

なのに、その後、流しといえばステンレスというほどに、日本中を席巻しました。最近では、調理台のトップは大理石（人造大理石）を使ったりするようになりましたが、それでもまだステンレスの天下ですよね。ジントギが嫌いなら、たとえば陶器とか、ホウロウ、タイル、いろいろ選択肢はあると思うんです。需要が増えればコストも下がるだろうに。だって、ステンレスだって、最初は高価だったんですから。

そもそも掃除だって、陶器やホウロウ、タイルのほうがラクですしね。

今回の町家のお風呂がステンレスなのはお話ししましたよね。掃除、たいへんですよ。バス用洗剤を使っても、洗いムラ、拭きムラが残るんです。ですから、簡単に湯垢を落としたあとは、台所用の研磨剤（「ジフ」といった商品名のものです）で磨いています。壁や天井は木ですから、軽く拭くだけなんですよ。

　木風呂より、掃除はたいへんなような気がします。

「でも、掃除しなくても、傷みはしないからね」

と、夫はステンレスを庇《かば》いますが、それは自分で掃除をしないからです。


システムキッチンの発祥の地というのは、ドイツなんですね。若い頃、ベルリンに少しだけ住んでたんですが、まあ、ドイツ人はきれい好きです。掃除に洗濯、好きですよ。その代わり、食にはこだわりません（太ってる人は多いですが）。間借りしてたとき（システムキッチンというものではなく、ホウロウ製の古いタイプのキッチンでした）、朝食にベーコンを焼いて、卵を茹でたら、そこの老婦人、「まあ」と驚きましたからね。

「まあ、ケイコは朝から、火を使って料理するのね」

　驚くからにはこの老婦人、ご自分は朝食どころか、かなりの頻度で夕食も火を使いませんでした。缶や瓶入りの酸漬けのキャベツに、ハム、チーズにパン。余談ですけど、そのかわりときどきオーブンでケーキは焼くんです。よくわからないご婦人でした。

こういうドイツ人ならシステムキッチンはぴったりでしょう。思うんですが、システムキッチンというのは、料理をしたくなくなるように設計されてますね。極論を承知でいうなら、あれは眺めて、楽しむものです。ピカピカに磨いて、満足するものです。

そこいくとうちのキッチンは、使って楽しむものです。
楽しんでますよ。ジントギの流しですが、これがWシンクになってるんです。で、小さいほうはかなり深さがあって、下に穴が開いている。酒樽のような要領ですね。きっとそのむかしは布を巻きつけた木栓を突っ込んで、水をためてたんでしょうね。水道がないときは、ここが貯水タンクだったんでしょうか。それとも麦茶を冷やしたりする場所だったんでしょうか。私は洗った食器を置くようにしてますが、不思議なシンクです。

一方、大きいほうのシンクは、シンクと呼びがたいほど、浅いんです。水が飛ぶし、不便だなあと思っていたのでしたが、

「むかしは、ここにまな板をおいて、切ってたのよ」と、母。

「直に流しの上にまな板、べたっと置いてたの?」

「いいえ、むかしのまな板には、いまのと違って、このくらいの脚がついてたの」

「へえ。下駄みたいになってたんだ。それ、便利だねえ。ふーん。というと、つまり、

シンクは調理台を兼ねてたってこと？」

「そうよ」

またまた、むかしの合理性に脱帽するわたくしでした。

しかし時すでに遅かりし。それを知ったときには、わざわざ調理台を造ったあとでした。骨董屋で買った水屋簞笥を上下に分けて左右に並べ、そこに硝子の天板を張る、という代物でしたが、それなくしては、ネギも刻めないと思い込んでいたのです。無知でした。

このシンクは調理台を兼ねるだけではありません。洗面台も兼ねます。脱衣場がないくらいですから、洗面所なるもの、これ当然、ありません。

最初のうちは、流しで歯を磨いて、口を漱《すす》ぐのに抵抗がありました。口のなかに入れるものと、口のなかから出すもの、どちらもよーく考えると、同じような気もするし、でもいや、違う……と、頭を使っているうちに、神経のほうが慣れてしまいました。お湯を沸かしたときは、ついでに流しを熱湯消毒します。ときどきアルコールの除菌スプレイをしゅっしゅと噴きつけます。それで充分でしょう。洗面所なんていりませんよ。

靴を履いて、歯を磨く、力が入りますよ。靴を履いて、顔を洗う。緊張します。

たかが、靴なんですけどね、たかが土間なんですけどね。

環境で、人は変わりますよ、私はひたすら大胆になりました。京都のマンションはシンクだけでなく、調理台のトップまでステンレスでした。あとで大掃除をすることを考えると、どうしても献立はキッチンが汚れないものに偏ります。ところがうちは夫は汚れる料理が好きなんです。魚はおろすわ、天ぷらは揚げるわ、男の料理ですからね、油は飛ぶ、煙は上がる。一応、つくりながら、お鍋なんかは片づけてくれるんですが、油でぎとぎとになったガス台や、調理台、シンク、壁、換気扇を掃除する、というようなことまではしてくれません。当然、それは私にまわってきます。

夫が「今日はつくる」というたびに、深いため息をついたものでしたが、ここに来てからは、夫の料理は拍手喝采。ガスコンロの前はジントギ、台の上は漆の檜板、壁は中塗止めですから、いい感じで早く煤けてほしいわけです。ジントギも漆の板も、ステンレスに比べたら、素直なものです。揚げ物をしたときは洗剤で拭きますが、あとは水拭きだけです。それで「掃除しました」という表情になるのです。

煙がもうもうと上がっても、火災報知機が鳴ることもありませんしね。煙は、高さ七メートルはあろうかという火袋に一度はたまりますが、ちゃんとこの煙、目がついていて、すきまを見つけて、そこから逃げていくんですね。賢いもんです。コンロはむかしなつかしの一口コンロ、これを二つ使ってるんですが、マッチでぼっと火をつけるタイプです。最初は怖くて、及び腰になっていたのですが、これもすぐ慣れました。

ダイドコを土間に落としたわけですが、これ正解でした。一応、拙宅では、走り庭がキッチン、この土間がダイニングルームにあたります。ダイニングですから、英国のアンティークのバタフライ・テーブルと椅子を置きましたが、これを片づければ、ちょっとした作業場ができるんです。ベンガラを塗ったり、花を生けたりするのもここです。

お披露目パーティも結局、この土間で行ってしまいました。暮れに友だちが大量の蟹を差し入れてくれて、ここで蟹パーティをやったんです。通り庭に七輪を置いて、備長炭で焼き蟹です。客人たちは土間からの上がり框に腰かけて、カニ、カニ、カニ。煙は出るわ、匂いはするわ、大騒ぎだったのですが、

「土間って、オールマイティなんだね」

という結論に至りました。ダイニングルームというより、多目的ルームなんですね。

土間といえば、こんなこともありました。最初の頃は門（表の格子戸）にはブザーをつけていませんでした。鍵がかかっていなければ、当然、宅配のお兄さんはなかまで入

ってきます。それはいいんですが、あるとき夫が門口（とうちが呼んでいる格子戸）にも鍵をかけないで出かけてしまった。それもまあ、いいんですが、問題はここからです。宅配クンがやってきたとき、私は板の間の段通《だんつう》の上でうたた寝をしていたのです。土間と板の間の仕切りは硝子戸です。

「麻生さん、麻生さーん」

鍵はかかっているはずですから、私は居留守を決め込むことにしました。

町家の場合、門口は店への出入口でもありますから、鍵がかかっていなければ、返事がなくても入ってかまいません。宅配クンもその慣例に従い、さらには土間は室内にあらず、の認識のもと、ダイニングテーブルのそばまで侵入してきました。

「麻生さん」

ただならぬ気配を感じた私が、がっと目を開ければ、そこには宅配クンの顔が。硝子越しではありましたが、至近距離。これには宅配クンも驚き、荷物を持ったまま、くるりと踵を返して退散して行きました。ほっ。見なかったことにしてくれるんだ、よしよし。

安心して、私はふたたび眠りに入ったのでした。

ところがあにはからんや、門口はふたたび開いたのです。宅配クンは二度、門口を開ける。何をしようっていうんですか。薄目を開けて、緊張する私です。

しかしすぐさま、彼はまた退散して行きました。

見ると、ダイニングテーブルの上には不在連絡表が。

「お届けに上がりましたが、お留守のようでしたので、持ち帰ります」

あくまでも土間はパブリック・イメージ、店でなくとも、仕事場、作業場。暖簾を出しているときは、営業中、居眠りしちゃだめなんだ、と悟った瞬間でございました。

一千年の都ですから、不文律のお約束ごとがいっぱいあるんですね。町家の原形というべきものは平安時代の後期にはすでに出現したといいますからね（いまの町家は、江戸中期あたりに確立した様式らしいです）。長い長い歴史があるんです。

お披露目の蟹パーティですが、Aさん夫婦も来てくれました。が、その恰好たるや、完全なる防寒着、スキーウェアです。

「このあと、山に行くの？」

Aさんたち夫婦は、京都の山奥に別荘を持っているのです。

「ううん。やっぱりこれ、着て来て正解やった。外より寒いんとちがう？」

「そやなあ。何や、子どもの頃を思い出すわ。麻生さん、これ、脱がんでええか？」

そのダウンのあったかそうなジャケットですか？　どうぞ。

いろんな人が私たちの「町家」を見にきてくれましたが、寒いものですから、何やら申し訳ないことでした。Ａさんたちはいちばん仲良しですし、場を盛り上げようという、演出心もあって、スキーウェアで登場とあいなったわけですが、ほかの人たちは、やはり遠慮して、コートを脱ごうとするのですよね。

「いえ、寒くないですから」

といいながら、鼻をすすりはじめる人までいて、

「うちで風邪をひいて帰られると困りますし、コート、着てください。ここ、通り庭というくらいですから、庭だと思ってください」

そんな会話を交わしたものでした。

それでも、火鉢のある暮らしには、ふるえながらも「落ちつく」といってくれ、

「鉄瓶から急須にお湯を注ぐときの、この音、いいですね。魔法瓶のお湯じゃ、こういう深みのある音にはなりませんでしょ。この頃は、暮らしから、いい音がなくなりまし

たね。耳障りな音ばっかりでね、携帯電話の着信の音も、下品でいやですね」

なかには、そんなことをいう人もいました。

そういえば、暮らしの音というのは子どもの頃はもっとありました。

台所の音も、こういうジントギの流しや土間はよく響くんです。うち、夫がよく料理をするでしょう。二階にいても、お、この音はネギを刻んでるな、とわかるんです。階下では、二階で寝返りを打つ音まできこえてきます。

ですからね、地震のときは、揺れよりも音で気づくんです。京都の中京が震源地だったときは、震度2にもかかわらず、家全体を床下から、巨大な木槌で突き上げたような音がしたものでした。かの地震のときはさぞかしすごかったんでしょうね。

そういえば、何度目かのパーティのときに、銘木屋《めいぼくや》さんがみえたんですね。

この家、杉普請なんだそうです。

「あの、床柱も杉なんですか」

「そうですね。ここの家を建てはった人は、杉が好きだったんでしょうね。杉のことをよくわかってる人ですよ。檜普請がいいというけど、こういう隠居所なんかやったら、自分の好きな木で建てるのが、道楽というか、贅沢ですよ」

そして極め付きは天井板に使っている杉板でした。浅原の親方にしても、和田さんにしても、みんな「いい木、使てるね」と、誉めてくれていたんですが、この家の天井板、なんと二階は屋久杉の鶉杢《うずらもく》、一階は霧島杉の笹杢だというんです。

「この鶉杢はほんまにいいもんですよ。美しいでしょう。こんなに目がつまってるしね。いまね、こんなええ天井板、使たら、ふつうの家なら一軒、建ってしまいますよ」

家が一軒ですか。ということは、一千万の単位ですよね……。

「でも、屋久杉はもう伐採できないでしょう」

「切り株を使うんですよ。むかしは贅沢に伐採してるから、切り株がこんな高さ、残ってるんです。それを使うんです」

はあ……、むかしの家というのはボロ家に見えても、侮れないんですね。いや、それどころじゃない。こんな家、もう二度と現れませんよ。大豪邸なら、座敷の天井板に屋久杉の切り株を使うこともあるかもしれませんが、三十坪の家ですよ。

「そうです、壊したらあかん、ということです」

家主さんには家主さんの事情もあるでしょうが、五年経って、私たちがこの家を出るときには、そのことをきちんと話して、壊さないようにお願いしよう、それが、縁あってこの家のお世話係になった私たちの役目だと、このとき自覚したのでした。

水は器によって、いかようにもその形を変えますが、ここに暮らしはじめてからの私は、まるで水の如し、習慣、性格はもとより、体質まで変わりました。これ、本当の話なんですが、冬場の頃は、外に出るときは、一枚、脱いでから出かけていました。着込むのではなく、脱ぐ。ワープロの前にじっと座っているときは、フリースの上にダウンを重ね着してたんです。こんな恰好で表に出たら、汗をかいてしまいます。だって、この頃、お店にしろ乗物にしろ、季節をねじ伏せるほどの暖房を効かせているでしょう。

二月に金沢まで、列車で行ったんですが、暖房が効きすぎていて、デッキで涼んでしまいました。そしたら車掌さんが、不審がって、

「お客さん、どうかしましたか?」

「いえ、車内がちょっと暑くて、気持ちが悪くなってしまったので」

たまたま私が乗っていた車両は、私一人でしたので、車掌さん、暖房を切ってくれましたが、車掌さん、「暑すぎましたか……」と、ちょっと合点がいかないふうでした。

Aさん夫婦の「外より寒い」というのは大げさだとしても、外と同じくらい寒いとい

うのは、本当でした。だって大寒の頃の寒さときたら、ワープロの変換が鈍くなったほどです。朝、ベッドのなかで目を覚ますと、吐く息が白いんです。

ああ、子どもの頃もそうだったなあ、と思ったものでした。

いいえ、私たちだって、火鉢だけ使っていたわけじゃありません。

暖房に努力はしたんです。まあ、エアコンは室内外の景色を乱しますから、選択肢には入ってませんでしたが、石油ストーヴはアラジンを二台、購入したんですよ。昭和三十年代の電気ストーヴも骨董屋さんで手に入れました。使ってました。

でも、暖まらないんです。家が吸い込んじゃうんです。

火鉢を上手に使えるなら、火鉢のほうがムダがないんじゃないかと思いました。火鉢というのは、部屋全体を暖めようなどという大それた野心を持っているわけではなく、そばに近寄ってきた人間には、暖をおすそ分け、というようなスタンスですよね。それでいいんじゃないかと思うんです。だって冬は寒いから冬でしょう。

「むかしの人は寒さに強かったんだね。火鉢しかなかったんだからね」

と、よくいいますが、火鉢、それほど捨てたもんじゃないんですよ。確かに部屋を春にすることはできませんが、火に手を翳す、手焙《てあぶ》りにふれる、あったかいもんです。

ところが私たち、火鉢の初心者だもんですから、炭をまだ上手に扱えないんです。真っ赤におこしても、消えるときがあるんです。灰のなかに埋めておくと、それこそ一日は保つんですが、これだとやはりあまり暖かくない。試行錯誤の日々です。備長炭は高いからと、アウトドア用の安い炭を買ってくれば、ぱんぱんと弾けて火の粉やら、破片が飛ぶ。絹の座布団に焼け焦げをつくってしまい、痛恨の極みでした。

うちのローテク見直しは火鉢だけではありません。家電のリストラに余念のない私。電化が文化だった時代は昭和で終わったと思うんです。

走り庭を見た人は必ず、小声でこう訊ねます。

「麻生さん、冷蔵庫は？　まさか使っていないなんてことはないですよね」

はい。いくらなんだって、冷蔵庫や掃除機、洗濯機はありますよ。

「その戸棚のなかに収納してるんです」

「開けてもいいですか？」

どうぞ。で、開けると、みんなまたびっくりする。

「これ、これだけ、ですか？」

え、二つもあるでしょう、ミニ冷蔵庫（！）。よくホテルの客室に置かれてある、小さな冷蔵庫が二つ、戸棚には入っています。というのも、冷凍冷蔵庫はもとより、ふつうの冷蔵庫も、奥行きがありすぎて、入らなかったんです。といって、外に置いてしまったら、せっかくの走り庭の景観が損なわれます。冷凍庫ですか？　ありませんよ。独立したミニタイプを探そう、と思っているうちに、はや半年が過ぎ、

「もしかしたら要らないかもね」

と、いい出しているところです。うち、冷凍食品を買いだめしておくとか、つくりだめするという習慣がもともとないんです。つくったものはその日のうちになくなる。

「せやけど、そんな小さい冷蔵庫で、野菜とか、余ったんどうするの？」

「まとめ買いというのが嫌いだから、野菜もそんなに、余らへん。壬生菜《みぶな》とか、そういうものは茹でて嵩を少なくしてから、冷蔵庫に入れてるし。そもそも冬のいちばん寒いときは、うち、走り庭そのものが大型冷蔵庫も兼ねてたから。だって、戸棚に入れてるオリーブオイルとかゴマ油とか、固まって白濁してたもん」

「ひぇー。電子レンジも使てへんにゃろ」

「うん、人にあげた。要らないもん」

「麻生さん、あんた、何時代の人やねん」

「私か？　昭和三十二年生まれ」

「そやなしに――」

自分が生まれた年をベースにして、そこに味つけとして二十一世紀を加える、そんな暮らしができたらと思っているんです。私が生まれた昭和三十二年という年、もちろん記憶にはありませんが、テレビの映像などから窺うに、敗戦からも立ち直り、ちょうど日本人が身の丈にあった生活をしていた時代であったような気がするんです。

このところ、自分の生まれた年に、誇りを感じはじめているんです。だったら、それにこだわってみよう、ベースにしてみよう、ということです。

京都の老舗というのは、創業何年というものに誇りを持っています。それを守ろうとしています。けど、それだけでは生き抜いていけませんから、そこに現代を調合《ブレンド》しています。つまりそれぞれに、自分の店の「時代」を持っているんです。井戸水を使って、むかしながらの製法を守り抜いてるところもあれば、うちはこの工程は機械化する、いや、うちの場合は……といった塩梅です。みんな身の丈にあった「時代」を自分で調合している。大人なんですね。いい意味で個人主義なんですよ。

遅まきながら、それを私もやってみようかなと考えるわけです。

家電メーカーが、これからは大型冷蔵庫の時代とか、液晶テレビの世紀と提唱したって、それに乗るか、乗らないかは、個人の自由でしょう。それぞれの環境や、健康、美意識に合わせて、「時代」も選ぶべきです。自分で調合するべきです。

いまはこんなむかし暮らしですが、こんな町家暮らしがはじまったばかりですが、五年後はわかりません。母の介護が必要になっている可能性だってありますし、私自身が病に倒れている可能性だってあります。まさかそんな事態になってもなお、いや、エアコンは嫌いです、家電の力は借りたくないの、などと時代に拮抗するつもりはありません。

ただ、いまはこの「引き算」の暮らしがことのほか楽しいのです。自由になった、という気がするのです。

文庫版あとがき

二〇〇〇年の夏に出した『東京育ちの京町家暮らし』を、文庫化するに当たって『京都で町家に出会った。』に改題しました。うん、こう書いていても、しっくりくる感じ。実はずっとタイトルと内容が合ってないことが、気になっていたんです。

タイトルって、むずかしいですよね。いいタイトルであることはさることながら、いろんな読者の興味を惹かなければならない。ゆえ、どうしてもちょっと満艦飾気味になるんですね。東京育ち＋京＋町家＋暮らしとは、かなり欲張りなタイトルでした。

それで文庫化に当たり、おそるおそる、

「タイトル、どうしても変えたいんですが」

と言ってみました。おそるおそるのわりに、どうしても、というところには、精一杯、凄みをきかせ、さらに次のようなことを滔々と喋りました。

「私がこの本で書きたかったのは、町家での暮らしより、建物についてなんです。だから町家での暮らしは、最後のほうにちらっと出てくるだけでしょう。もともと私は建造物を見るのが趣味です。京都で町家に出会って、まず惹かれたのは、その暮らしより建物でした。日本の民家にこんな洗練された家があったんだ、と驚きました。よその地方の町家とは、繊細さが違った。高名な建築家が建てたコンクリートやガラスの住宅以上に、そのときは斬新に見えました。ところが町家を見学しながら、いろいろ学んでいくうちに、いつのまにか自分も住みたくなってしまったんですよ」

「……麻生サン？」

「この本は、捜して、直して、引っ越すまでの顚末を綴ったものです。ただほら、そこは京都ですからね。東京人が予想だにしなかったような問題が、続出しました。京都の薄皮がめくれ、ひやっ、とするようなことにも、遭遇しました。一軒目の町家なんか、店の間の床下から、防空壕が出てきたんですからね。残念なことに、その町家は、結局、住めなかったけど……。でも、問題を乗り越えながら、町家の再発見だけでなく、自分の再発見もしていったように思うんです。私ね、好きなもの、嫌いなもの、心地いいもの、悪いものを、見極める眼力が、強くなった。一方で、自然へのつきあい方が、謙虚になった。人はうつわによって変わるもんですね。ま、このへんのところは、続編の『極楽のあまり風』で書いたわけですけど……」

「麻生サン?」

「はい？　出版社の意向はわかります。反対ですよね。単行本と別のタイトルをつけるのは、営業上……」

「いや、別にかまいませんよ」

「え？　いいんですか」

「他にいいタイトルがあれば、一向に」

「なーんだ、早く言ってくださいよ」

「……」

というわけで、私が提案したのが『京都で町家に出会った。』、某テレビ番組での下條アトムさんのナレーションを少々意識しました。そこに編集部からのサブタイトル『古民家ひっこし顚末記』がくっつき、新タイトル完成です。若干また満艦飾気味になりましたが、でも内容にふさわしいタイトルになりました。

さて、今の町家の契約も、あと一年となりました。こういうご時世ですし、契約延長の余地はあるのではないか、と思ったりもしているのですが、ただ洛中の路地の奥の、小さな町家へのあこがれも捨てがたく、先日、五年ぶりに、夫と洛中、町家捜しをしてきたところです。あの頃、貸してください、と大家さんに直接、交渉しにいった町家は、五軒とも空家のまま、静かに存在していました。一方で、人が住んでいたところが次から次へと、駐車場やマンション、あるいは再生されてカフェや雑貨ショップになっている。防空壕が出てきた一軒目の町家のお向かいも、なくなってしまっていました。立派な町家に、上品なおばあちゃんがひとりでお住まいでしたが……。

時の流れというのは、川と同じで、その場所によって、速度が違うものなのでしょうか。それとも、それが京都なのでしょうか。

最後に、修復工事でお世話になった、主だった業者さんのお名前を記しておきます。

和田工務店（京都市上京区千本上立売）

しっくい浅原（京都市山科区）＋井上良夫氏ひ
沢幸漆店（石川県小松市）、流体工舎、中川電気商会
また、昆布一宏、尚子夫妻、堀内正吾、明美夫妻、芦田暢人氏、木村徳志氏には、ひ
っこしや漆塗、大掃除などで、大いに助けていただきました。読み返しながら、業者の
方々、そして友人たちには、本当にお世話になったんだなあ、と改めて痛感しました。
この方々なくして、私の町家暮らしははじまりませんでした。夫、馬場徹（建築商会）
ともども、心よりお礼、申し上げます。

二〇〇三年五月

麻生圭子

解説

大石静

麻生圭子さんと私が雑誌の対談で知り合った十二、三年前、彼女は絶頂期だった作詞の仕事をスパッとやめ、文章を書くことに専念し始めた頃だった。

彼女は、個性的なデザインの服を颯爽と身にまとい、日本人のほとんどが、到底かぶりこなすことのできないであろう、つば広な帽子をさりげなくかぶって、黒いメタリックのポルシェに乗っていた。最高級のポルシェは車好きな人の目を引き、それ以上に、ポルシェを運転する麻生さんの美貌は、道ゆく人の目を引いた。

世田谷には自宅とは別に、メゾネット式の仕事部屋があり、そこにある食器、家具、それらの配置、活けられた花、猫のポルク、開いたワープロと書きかけの原稿……等は、まるで『家庭画報』のグラビアから抜け出て来たかのごとく、格調高くキマッていた。

こんな部屋で仕事をしてみたいものだと、心底うらやましかったのを思い出す。

と書くと、お金持ちのギョーカイ人が贅沢してる……という感じがするだろう。だが麻生さんには、そういう浮わついた風情は、当時からまったくなかった。

彼女の持つ雰囲気は、いつも張り詰めた糸のようで、もうちょっと引っ張ったら切れそうな感じがしたし、その裏返しとしての誇り高さも、並大抵のものではないように思われた。

何不自由なく育った美貌のお嬢様が、作詞家として成功するまでのエピソードと、摂食障害まで起こしたという十代の紆余曲折は、いくつかの彼女のエッセイに書かれているので、そちらで読んでいただきたいが、三十代になってもまだ、麻生さんの感性は、鋭過ぎるがゆえに、どこか痛々しい感じがしてならなかった。

知り合った頃、週刊文春をはじめ、様々な雑誌に軽快なエッセイを連載されていたが、生身の麻生さんと書かれる文章の明るいリズム感とのギャップに、ちょっと戸惑うことも、実はあった。

それがもの書きの〝技〟だったのかも知れないが、私は麻生さんより十年ほど長く生きているので、生意気にも思った。直接話したこともあったかも知れない。

もっと生身の自分を出したらいいのに……と。

麻生さんは苦笑するだろう。でも、あの頃の彼女は、作詞家を辞め、これからどういう文章を、どういう立場で、どう綴るか……人としても、どう生きるか……その姿勢を、いつもいつも自問自答しているのだと私には思えた。その迷いや苛立ちを垂れ流さなかった所が、麻生さんの品格である。しかし、私にとっては一抹の物足りなさでもあった。

彼女から、「京都で暮らす」と聞いた時は、さほど不思議には思わなかった。どこもかしこも、お台場のような宇宙都市のようになっていく東京に、彼女の感性は耐えられなかっただろう。

唯一、伝統の誇りを捨てていない京都は、彼女に似合っているとも思った。麻生さんの張り詰めた神経も、京都の奥行きが包みこんでくれるようにも思った。

現実に京都人とのつきあいの大変さ、面白さは、包みこんでくれる……というのともいささか違うが、彼女の張り詰めた糸に弾力を持たせたり、ちょっとゆるめたりする力になったようだ。

彼女が京都に行ってから、あまり顔を合わせることもなくなったが、雑誌でみかける彼女は、いつも着物姿だった。

小顔にはえた帽子を、彼女は着物を着た時もかぶっていた。その姿は、見事に京都の町にとけこんでおり、麻生さんが京都で見つけた生き方や価値観が、素直に現れていると感じて、思わず拍手してしまった。

「京都の老舗というのは、創業何年というものに誇りを持っています。それを守ろうとしています。けど、それだけでは生き抜いていけませんから、そこに現代を調合《ブレンド》しています。（中略）みんな身の丈にあった『時代』を自分で調合している。大人なんですね。いい意味で個人主義なんですよ。遅まきながら、それを私もやってみようかなと考えるわけです」

とあるのを読んでも、彼女が模索していた生き方が、明確な形となっているとも感じた。

そういう意味でも、この本は、私が読んだ麻生さんの著書の中で、もっとも好きな一冊だ。生身の麻生さんと文章にギャップを感じないからである。思い込みの激しい私の幻想かもしれないが、麻生さんは大層大人になったと思う。成熟したとも言える。

一年前の初夏、仕事の合間に京都に麻生さんを訪ねた。

この本の冒頭の写真で何度もながめた町家は、実際に行ってみると、モダンな感じがした。

土間に置かれている麻生さんのアンティークのデスクとイス。その上のノートパソコンが、自然にとけ合って、心地よい仕事の空間を作っており、この本がこの場所から生まれたことを、私も友人として、しあわせに思った。

この土間は、時にはダイニングルームにもなるらしい。

世田谷のメゾネット式の仕事部屋にいた猫のポルクも、見るからに年老いてはいたけれど、庭に面した縁側で昼寝していた。

川端道喜《かわばたどうき》のちまきを、うるし塗りの板の間に座って食べながら、麻生さんと私はあれこれと、つもる話をした。そして思った。私が男だったら、こんな女を好きになってみたいな……と。

もの書きとして、女として、人として、麻生さんには、もっといろいろに変化して欲しい。その感性と可能性は果てしなく広がっていると、この解説を書きながら改めて思った。


（脚本家）

本書は『東京育ちの京町家暮らし』
（二〇〇〇年七月、文藝春秋刊）を
改題し文庫化したものです。

文春文庫

京都《きようと》で町家《まちや》に出《で》会《あ》った。

定価はカバーに
表示してあります

古民家《こみんか》ひっこし顚末《てんまつ》記《き》

2003年7月10日　第1刷

著　者　麻《あ》生《そう》圭《けい》子《こ》

発行者　白川浩司

発行所　株式会社　文藝春秋

東京都千代田区紀尾井町3-23　〒102-8008
TEL　03・3265・1211
文藝春秋ホームページ　http://www.bunshun.co.jp
文春ウェブ文庫　http://www.bunshunplaza.com

印刷・大日本印刷　製本・加藤製本

Printed in Japan
ISBN4-16-718604-7

（　）内は解説者

叱られ手紙
秋山加代

父・小泉信三の微笑ましい思い出と、古き良き昭和の家庭の上質な空気が、六十五通の手紙とエッセイで綴られる。心遣いとユーモアを絶やさなかった、父と娘の関係が見事。（阿川佐和子）

あ-10-3

囲碁とっておきの話
秋山賢司

囲碁観戦記者が、今まで見てきたプロ棋士の姿や碁盤のまわりで起こったさまざまな出来事を綴るエピソード集。有段者からザル碁愛好者まで、全国の囲碁ファンに贈る文庫オリジナル。

あ-24-1

東京育ちの京都案内
麻生圭子

「ぶぶ漬け伝説」「京ことばの今日」「蛍と川床と夏座敷」「祇園さんのお祭り」「大文字五山送り火」「紅葉あれこれ」など、京都に移り住んだ著者が都ぐらしを綴ったエッセイ。（村松友視）

あ-40-1

ふり向けばタンゴ
五木寛之

タンゴは50年代が黄金時代、60年安保までは東京のどこでも演奏され、それ以後は姿を消して行く――音楽通の著者がタンゴの歴史、タンゴとの関り合いなどを語る。（中村とうよう）

い-1-28

よみがえるロシア
ロシア・ルネッサンスは可能か？
五木寛之

ロシアに明日はあるか？　あるとすれば、どこにあるのか？　謎につつまれた魂の深淵に渾身の力をこめて迫る想像力のバトル！　山内昌之、木村浩など九人との対談集。（原卓也）

い-1-30

うらやましい死にかた
五木寛之 編

全国から寄せられた四十篇の草の根の人々の普通の死。それは穏やかで温かく、また可笑しくも切ない。こんな死に方があるなら生きる勇気が持てる。終章に杉本苑子氏との対談を収録。

い-1-31

（　）内は解説者

再び女たちよ！
伊丹十三

長髪の論理、犬の生涯、浮気論、わが思い出の猫、運転手の論理、香水、ザ・ネイミング・オブ・キャッツ、うぬぼれかがみ、鼻の構造、脱毛など三十四篇のしゃれたエッセイ。

い-5-2

日本世間噺大系
伊丹十三

選挙の票読み、蜜柑のむき方、オムレツの作り方、女の生理の不思議、天皇の日常生活などなど、談話取材の名人が耳寄りな面白い話題ばかりを拾って提供する現代の世間話。

い-5-4

女たちよ！男たちよ！子供たちよ！
伊丹十三

育児について語ることは、そのまま親の生き方について語ることである。つまり、人間とは何か、人は何のために生きるか、の問いに答えながらユニークな体験的育児論を展開する。

い-5-5

パリ仕込みお料理ノート
石井好子

三十年前、歌手としてデビューしたパリで、食いしん坊に開眼した著者が綴った、料理とシャンソンのエッセイ集。読んだらきっと食べたくなり、作ってみたくなる料理でいっぱい。

い-10-1

宿六・色川武大
色川孝子

一日六回の食事作りに絶え間のない来客への対応、難病ナルコレプシーとの闘い。ギャンブラーにして作家、鬼才・天才と謳われた夫との不思議で波瀾万丈な生活を追想する好エッセイ。

い-29-1

しっぽのある天使
わが愛犬物語
池田満寿夫

犬こそ人生最良のパートナー。ふとしたきっかけから犬を飼いはじめ、気がついたら二十四もの大家族に。事件に満ちた日々を、愛情をこめて描いた犬好き必読のエッセイ集。（佐藤陽子）

い-38-1

文春文庫

エッセイと対談

あの子のカーネーション
伊集院静

二日酔いの朝に思うのは、故郷、家族、さすらいの遠い日々。そして異国で出会った人々のやさしい眼差し。人々とのふれ合いは楽しく、そして哀しい。伊集院静の処女エッセイ集。

い-26-1

神様は風来坊
伊集院静

二日酔いのあしたに思うのは、失われし時と帰らざる人々。さりげない日常風景のなかに、かぎりない優しさをこめ、人生の機微を鮮かに描いて定評のある伊集院静の第二エッセイ集。

い-26-2

時計をはずして
伊集院静

二日酔いで見上げる夜空（？）に丸く浮かぶは、パチンコ玉か、一筒（イーピン）か、はたまた自転車の銀輪か……。ギャンブル場で、旅先で、そして銀座で出逢った人々を綴るエッセイ集。

い-26-3

アフリカの燕
伊集院静

篠ひろ子夫人との新婚生活は始まったが、ギャンブル場や酒場を流離う日々に変わりはない。武豊、井上陽水、蛭子能収など知人との交情や無頼な日常を綴った週刊文春連載のエッセイ集。

い-26-5

半人前が残されて
伊集院静

酒場で、病院のベッドの上で、ギャンブル場で、旅先で……。ふと浮かぶもう逢えない人々の顔。一人前になりきれず、生きていく人生の哀歓を鮮やかな筆で掬い取ったエッセイ集第五弾。

い-26-6

兎が笑ってる
伊集院静

あくせく働くのも、とことん飲むのも、それはあなたの選択次第……。柔らかな視線で人間の哀歓を綴った、週刊文春の人気エッセイ第六弾！

い-26-7

（ ）内は解説者

落第坊主の履歴書
遠藤周作

小説界の第一人者もかつては落ちこぼれだった。落第、浪人、家出、文学熱中……何をしてもズレてしまう少年の、自分探しジグザグ物語。全国の落第生諸君にエール！（さくらももこ）

え-1-10

変るものと変らぬもの
遠藤周作

移りゆく時代、変る世相人情……もっと住みよい、心のかよう世の中になるようにと願いをこめて贈る九十九の感想と提言。時事問題から囲碁・パチンコまで、幅広い話題のエッセイ集。

え-1-11

生き上手　死に上手
遠藤周作

死ぬ時は死ぬがよし……だれもがこんな境地で死を迎えたい。でも死はひたすら恐い。だからこそ死に稽古が必要になる。周作先生が自らの失敗談を交えて贈る人生セミナー。（矢代静一）

え-1-12

心の航海図
遠藤周作

時代の奔流にめまぐるしく揺れる人生の羅針盤。どの星を頼りに、信ずべき航路を見出したらよいのか……。宗教、暴力、マスコミの問題から折々の感懐まで、みずみずしく綴る随想集。

え-1-19

最後の花時計
遠藤周作

病と闘いながらも、遠藤さんは最後まで社会と人間への旺盛な好奇心を持ち続けた。宗教のあり方、医療への提言……。これは遠藤さんが日本人に残した厳しく優しい遺言である。（加藤宗哉）

え-1-23

心のふるさと
遠藤周作

靴磨きのアルバイトをした頃、占い師に「小説家は無理だね」と言われた頃。芥川比呂志、吉行淳之介の思い出……。最晩年の著者が青春と交友、そして文学を回想した珠玉のエッセイ集。

え-1-25